死に出会う思惟

PASCAL
QUIGNARD
collection

パスカル・キニャール・コレクション

死に出会う思惟 〈最後の王国 9〉

千葉文夫 訳

水声社

目次

第一章

フリースの民がキリスト教への改宗に同意したのは六九九年のことである。七〇〇年三月は年明けに当たるその日、長たるフリース王ラコルドゥスは居並ぶ臣下を前にして、洗礼を受ける支度をしていた。王はすでに衣服を脱ぎ捨て裸になり、片足を洗礼盤に入れたのだが、そのとき、突如として心に疑念がわきあがり、もういっぽうの足を聖水に浸すのをためらい、不安に駆られたのだろうか、洗礼をほどこそうとする司祭にこう訊ねたのである。

「ところで、わが一族の者たちはどこにおられるのか」

答えはなかった。

そこでフリース王は目をあげた。王はキリスト教司祭をじっと見つめた。司祭は身じろぎせずにいる。その手は高くさしのべられていた。いま聖水につかろうとする者のまわりに塩をまき、悪霊を祓おうとしたところだった。

王は繰り返し訊ねた。

「わが祖霊の多くはどこにおられるのだ」

神に仕えるひとは押し黙り、頑なに口をひらこうとせず、手に一握りの白い塩をつかみ、これを小桶の上に高くかかげ、フリース王が躊るのを待った。

ラコルドゥスは苛立って声をあらげた。三度目になる問いをはっきりと繰り返した。祖先の人びとはどこにいるのかと訊ねたのである。祖霊がいるのは地獄なのか。それとも天国なのか、と。

司祭はようやく顔をラコルドゥスに向けた。

口をついて出たのは、地獄という言葉だった。

ラコルドゥス王は自分に先立つ歴代の王と親族の大半が地獄にいることを知り、すでに容器に入れた足を元に戻した。王は司祭、僧侶、洗礼盤をあとにして、場を立ち去った。王は参列する人びとの前列を固める騎士たちのもとに向かった。低い声で彼らにこう言ったのである。

「聖務は、最少ではなく最大につきしたがうことにある」

王は教会を出て、振り向くこともなかった。ところで、フリース人のなかでこのようなふるまいにおよんだのはただひとり、彼だけだった。王にしたがおうとする臣下はおらず、それればかりか、騎士たちのなかにも王を見倣おうとする者の姿はなかった。戦闘の際に馬に乗って王の脇を固めた者たちもまた王にしたがうことを拒んだのである。四日目になり、ラコルドゥス王は目を覚まさなかった。死んだ王の姿があった。その口は黒ずんでいた。

*

——Sanctius est plures quam pauciores sequi.
騎士団を前にラコルドゥス王が発した言葉がここにある。最少デハナク最大ニツキシタガウコトニ聖ハ見出セリ。それは民主政の実現である。

*

『黄金伝説』〔ウォラギネが著した聖者列伝〕では、ベーダ・ヴェネラビリスの死の話につづき、さしたる脈絡もないままにこの物語になる。その情景は、あざやかな動きという点で際立っている。手が高くあげられ、一握りの塩が高くもちあげられたところを描き、片足はうごきをやめ、始原の水を試すようでありながらも、ついに水に浸されることはない。ラテン語の文面は力強くサスペンスを表現する（ラコルドゥス王の片足が宙に浮いた状態）。Et jam unum pedem in lavacro, alterum retrahens... スデニらころどぅす王ハ片足ヲ洗礼盤ニ入レ、モウ一方ノ足ハソノママオキ、スグニ先ノ足ヲ戻ス。王が不安げに訊ねるのはそのときだ。

——Ubinam plures majorum suorum essent?

「イカナル場ニ祖霊ハオラレルノカ」

逐語訳だと、いかなる場に自分の最大の者たちの多くがいるのか、ということになるだろう。

*

単独者であるよりも集団につきしたがうほうが気は楽だ。豊饒多産は探求心よりも好ましいように思われる。一族の歴史に忠実であろうとする誘惑は、神との触れあいをつうじて永遠なる明晰をえようとする以上に大きい。永遠の生よりも祖先と一緒に生きるのを選ぶにあたって求められるのは勇気である。

ウォラギネがラコルドゥスなる名のもとに召喚するそのひとは、誠心をもって神を信じていたと考えてよい。王は武人と宮仕えの者をあわせた臣下すべてに向き合い公に語りかけるのである。王はあえて未来に約束された永遠の生を捨ててまでも、系譜を尊び、祖霊との純粋なる絆を重んじようとしたのだ。一糸まとわぬ姿で、冷気に身をふるわせ、片足を手でつかみ、洗礼盤の御影石の縁に尻をのせ、まさに思いを定めて、聖水に身をひたそうとするとき、突如として我に返り、思い直す。「自分ひとりで天国に行くより、わが一族の亡き者たちとともに地獄にいるほうがましなのではないか」。タルマン・デ・レオ〔フランス十七世紀の文人、『小伝集』の作者〕は以下のマレルブの応答を後世に伝えている。
「ほかの人びとと同じようにして私は生きてきた。ほかの人びとと同じように死んで、ほかの人びとが向かったその場にゆきたい」

*

ラコルドゥス王の計算は統計学的性質をおびている。要は二種類のグループの力関係という問題なのだ。この計算では、世を去った先祖の数と王を取り巻く生者の数が対比される。王は、悪霊を鎮める準備にとりかかる僧に訊ねる。多くの者たち《プルレス》はいったいどこにいるのかと。翻訳にあたっては「に従う」(sequi) という語を無視することもできる。というのも少数者は多数者よりも聖性において勝りはしないからである。この点を「君主の錯誤」と呼ぶこともできるだろう。フリース王ラコルドゥスはフランス王ルイ十四世と同様の統計上の誤りを犯したのである。王にとって重要なのはただ一点、王としての絶対的な権力の彼方にあって、叫びをあげる個々の人間の只中にある「任意の個人」を代弁する数量なのだ。大勢の人間の要求、群衆の騒乱、公衆の叫び、成功、勝利、売り立て品の目録、集団からの承認、宗教心の高揚、メディア的な反復は敬うべきものである。個というあり方など、社会と文明の発展におけるひとつの「階梯」にすらなりえていない。個の体験、閑暇《オティウム》、大胆不敵な探求、芸術、研究、エクスタシス、家族から切り離されたものすべて、集団から解き放たれたものすべて、要するに話すための言語から解き放たれたものすべては呪われている。

補注一　明晰な知見よりも信仰のほうがのぞましい。探求心よりも幸福のほうがのぞましい。

補注二　話し合いによる意思疎通、そして対立する階級もしくは共同体のあいだでなされる対話は、個のひそかな反乱や書物があらわす絶対的な沈黙よりものぞましい。

＊

最後の論点は数量ではなく、対象となる集団の性質に関係するものだ。最大多数の集団の内実はどのようなものなのか。誰が「多数者《プルレス》」だと決めるのか。最大多数の集団は、たえず数が増大しつづけるもののことである。たえず数が増大しつづける集団とは何か。死者の集団。ラコルドゥス王は明快だ。つまり王は一瞬たりともこの点に関して迷ったりはしないのであって、おそらくこの明快さは、思考の努力が正統化の恵みをもとめる際に、主要な貢献を果たすのである。このプロセスの核心部には供犠がある。相手は死者の集団である。

人間社会にあって「死者の集団」がつねに最重要課題となるのは、生ける者すべてがこれに加わることで数が増えつづけ、後に残る者の記憶にとどめられるからである。

補注三　増大する「死者の集団」は、書字をもつ人間社会の関与の対象となる集団である。これに起因するのが、墓（石造の彼岸都市）の創出であり、新石器社会の薄明に、すなわち森、木の葉、樹皮、皮膜に委ねられた「生ける者たちの国《シテ》の源流に」これが見出されるのである。

*

ツヴィングリ〔スイス改革派教会の創始者〕は死の間際にこう言った。

「あなたの先祖もそこにいる」

カトリック諸州の兵士が彼の肉体を切り刻んだのは、野生の獣を扱うようにして喰ってしまおうと思ったからである。ミコニウス〔ツヴィングリの後継者〕がその心臓を奪い返してライン河に投げ込んだのは、カトリック側の兵士がこれを裂いて貪り喰い、体内に入れて糧とせぬようにしたのだ。

*

ラコルドゥス王は水から片足を抜き去ろうと決意したとき目を伏せた。足の指から水が滴り落ち、瞼を閉じ、こう呟いた。「思い悩むことなく、大勢につきたい」と。

考えるとは何を意味するのか。内なる内乱《ベッロ・キウイリス》。内臓の内乱。思考はことあるごとに探求心の妨害にかかる権力行使を甘受するわけにはいかない。純然たる「なにゆえに」（cur）という問い。さまよえる「なぜ」（pourquoi）という問い。たえず餓えにあえぐ知的な飢餓感（少なくとも五時間あるいは六時間ごと、夜になって性器が勃起するように、昼間は思考が呼び覚まされる。不安を覚える喉のように渇き、なにも食べていないときのように空腹をおぼえる）。

思考は思考にむかう欲動と区別がつかない。つまり性的な覗き見趣味、欠乏、知的アポリア、社会からの離脱、脳髄を刺激する恐怖、周囲の秩序を壊す異常さを見逃すことがなく生命にじかにむすびついた動物的まなざしと区別がつかないのである。

心的な生命活動の中核にひらくのは、いかなる応答にも満足しない問いかけ。

補注四　不安もしくは欲望をはらむ注意集中は、使命や服従に妥協することはけっしてない。誰何《すいか》の呼び声は生死にかかわるものだ。

＊

鷺が沼のほとりにいるように、フリース王は洗礼盤の縁に動かずにいる。
Intinctum pedem retrahens...（ソノ瞬間足ヲ引ク）
まさしくラコルドゥス王は冷水にもう一方の足をひたすことなく、それどころか、すでに水にむけて動かした右足も引っ込めるのである。王は自分をとりまく人びとの集団から身を引こうとする。王は内向し、記憶のなかに引きこもる。おのが祖霊すべての名をひとりひとり数え上げて遡行する。王は考える。「新生児が生ける母親の唇を通して死せる父親の言葉を習い覚え、先祖の集団に合流してゆく社会化のなりゆきは、老いとともにほかのすべての人びとから離れて警戒心をつのらせる臣下らの考えを遙かにうわまわる重みをもつ」
それからラコルドゥス王は身廊の奥に引きこもり、冷気のなかで考えをめぐらせる。この暗闇への隠遁（脳髄の奥への隠遁）が意味するのは次のようなことだ。「思考のはたらきは、魂《プシユケー》の奥底にあって、いかなるかたちをもってこれに向きあおうとも、子孫の形成ほどに永遠不滅のものとはならないだろう」

ジャン・ビュリダンの驢馬——マダウロス出身の人アープレーイユスの驢馬の直系というべきもの——の迷いはこれに似たような姿をとる。

離脱は麩《ふすま》の桶にあたる。合流は麦の桶にあたる。

驢馬ルキウスは桶の上に顔をあげて中空でむなしく噛むしぐさをするばかり、麩と麦のどちらを選んだらよいのかわからない。

厩にもどると、口惜しい気分に責めさいなまれる唇の上にただよう霧のごときものはうすれゆき、最後は目もかき消されてしまう。

＊

同胞の信を失う、人間の匂いを離れる、墓から遠ざかる、住む街から追放される、社会からつまはじきにされる、命を落とす、そんなたぐいの危険をあえて冒してまでも考え抜くこと。フランス人の手にかかり、旅籠屋の一室にひとりきりでいるところを殺される。スピノザの姿だ。

モラルとは、いまは亡き人びとの意に沿おうとすることである。いかなる宗教であれ、帰依は死の供犠に身を浸している。草食動物の集団が獲物を追う猟犬の群れへと姿を変じ、死せる獣そのものを犠牲とし、殺戮時に流れた血をもって祝福をえようと願うときにえられる死の供犠に。ラコルドゥスの姿だ。

スピノザ、もしくはラコルドゥス。

考える、もしくは信じる。

＊

最少《パウシオレス》、とラコルドゥスは言い、戦士らを神から引き離そうとする。

幸福な少数者《ハッピーフユー》、とスタンダールは読者に呼びかけ、国語共同体から遁走するように誘いかける。なぜスタンダールが英語を用いているのか考えないといけない。フランス語には、少数者に相当するいかなる言葉も見つからない。

古代ローマの人びとはこの「少数者」なる魔術的な語を所有していた。この語を国語に課す必要がある。多数に対する少数のあり方。

＊

ラコルドゥスの姿勢は最後の一点に関して揺るぎない。超自我はわが身を濡らすのを嫌うのである。足は乾いたままのほうが、そして天国に行ってひとりきりになるよりも、地獄の灼熱のなかで、他者の賛同をえるほうが好ましい。

考える者はこうして天国にむかうことになる。いかなる疑念の余地もない。だが、天国にあって、そのひとはどこまでも孤独であり、完全に裸で、死者たちの姿はなく、両足は濡れ、寒さに顫えるばかりだ。

第二章　思考は死を招きかねない（一）

オイストラフとスターンは仲が良かった。本当の意味での友達だった。交友は二十年におよび、友情にひびの入る余地はなかった。ただ死のみが、すべてを中途で終わらせる死が終止符を打ったのだ。二人が最後に顔を合わせたのは、一九七四年、場所はロンドン。オイストラフはまだ六十六歳だったが、スターンの目には、疲労困憊しているように見えた。体重もかなり増えていた（三カ月後に彼は他界する）。アイザック・スターンは友の手をとり、こう話しかけた。

「疲れているようだね、ダヴィッド」

「そうなんだ」

「ソ連から出なさい。休養するといい」

「それが無理なんだよ、アイザック。妻や子供と一緒の旅行はさせてもらえない」

「だったら、仕事を減らさなくては」

「それも無理なんだ。演奏しないでいると、考え込んでしまう。考え出すと、その先には死がやってくるだろう」

第三章　思考は死を招きかねない（二）

老犬アルゴスには、襤褸を着ていてもそれがオデュッセウスだとわかった。

ホメロスは、いまから二千八百年前、『オデュッセイア』第十七歌第三〇一詩節に Enoésen Odyssea eggus eonta と書く。逐語訳では、彼ハ自分ノ前ヲ進ム者ニ「おでゅっせうす」ヲ考エタ、となる。心底驚かされる情景だ、何となれば、イタカ島の男女は誰も乞食に身を窶した者がオデュッセウスだとは気づいていないのに、すぐにこれに感づいたのが老犬のアルゴスだったからだ。ヨーロッパの歴史にあって、考える瞬間を捉えたそのときであり、なんと最初の存在は犬だったということになる。

ひとりの人間を考えるのは一匹の犬である。

この情景を見直してみる。犬は秣の上に寝そべっている。戸口のあたりにひとの声がして、犬は頭をもたげる。乞食が豚飼いと言葉をかわしている。乞食の姿をしていても、犬は欺かれない。犬は乞食のうちにオデュッセウスを考える。

しかもまた、これと同時に、突然、オデュッセウス自身がその場で誰かに姿を認められた（あるいは誰かがその場にあって彼のことを「考える」）と感じる。オデュッセウスはあたりを見まわし、戸口からさほど離れていない場所に、汚らしい藁やゴミが山と積もるなかに蹲る老いたる彼の猟犬アルゴスの姿を認める。二十年ほど昔、オデュッセウスが島の王だった時代、彼はこの犬を連れて猪、鹿、兎、山羊を追って野山をかけめぐったのだ。

オデュッセウスは正体が悟られぬよう細心の注意をはらっていた。彼は頬に流れる涙をあわててぬぐったが、その頬は、彼だと気づかれぬように、薪の燃えかすの先であらかじめ汚してあった。

アルゴスはといえば、顔をあげ、鼻面を空中にむけ、乞食のうちにオデュッセウスを「考える」と、尻尾を振り、両耳を寝かせ、死ぬ。

彼は考え、そして彼は死ぬ。

こうしてホメロスにあって最初の考える存在は一匹の犬だということになる。というのも「ノエイン」という動詞（「考える」と訳したギリシア語の動詞）は「匂いをかぎわける」を第一義とするからだ。考える、それはただよう空気のなかに忽然とあらわれる新たなものを嗅ぎ分けることである。それは襤褸の背後に、黒炭で汚した顔の背後に、偽りの装いのただなかに、たえず変化する環境の奥底に、獲物、速度、時間そのもの、跳躍、生じるかもしれない死を直感することである。われわれ人間の出発点は、捕食がすべての注視《コンタンプラシオン》＝観想を支配する種である。ギリシア語において注視＝観想にあたるのはテオリアである。捕獲された個体は嚥下する相手の体内に入る。捕獲される個体が注視＝観想の対象となる契機は、ほぼ瞬時になされる攻撃にあり、視認につづいて破壊がなされ、その後は捕食者の仲間が屍体をバラバラにして落ち着くまでとことん貪りつくすのだ。

彼ら自身の餓えがおさまる段階になって、注視＝観想の対象となるのは食い荒らした残り、すなわち枝角、骨、歯、切歯、牙、毛皮、皮膚、甲羅、羽毛、排泄物、汚物ばかりである。

ここに最初の語解がある。

われわれの目の前にあらわれるこうした起伏は、生体の痕跡、獣の敏捷さの痕跡、獣の死の記憶術のどれをとっても、注視＝観想の唯一の対象となりうる文字（ラテン語だとリテラエ）だといってもよい。パルメニデスによれば、徴（ギリシア語ではセマータ）とは、追われる獣の糞便が第一の意味であり、そしてまた獣が通った跡、さらには獣の軌跡の目印となる星辰（ラテン語ではシデラ）の意味だったという。

獣が通った跡を告げる徴は、狩人を獲物へと導く目印となる。――それが獲物を捕獲した場を意味するものから、ある瞬間急に「家」に、「炉」に、死して切り分けられた獲物を煮炊きする場に、狩猟のみならず家に無事帰り着いたことも含めた物語の可能性に、燃えさかる火を囲み死せる獲物を炙りながら円陣を組む場に戻るための道のりを意味するものに変わるのだ。

戻る動きはギリシア語ではメタ＝フォラと呼ばれる。

来た道を引き返す動きは中国語でタオと呼ばれる。

トルコに住んだ古代ギリシア人たちは（古代中国の人びとが道教について考えたように）戻りつつ進むのが思考のはたらきだと考えた。考える《ノエイン》と新たにする《ネオマイ》。彼らが考えたのは、思考とは、帰路を忘れずにいる往路だということだ。往路でありながらも、すでに帰ってくることが前提となっていて、街道、小路、車道など、思考の奥行きをなすということなのだ。荘子は次のように書き記している。それが道《タオ》なのだと。同じ頃、ヘラクレイトスはより巧みな言い方をもって書き記す。それはエナンティオドロミア（来た道を逆に戻る進行）なのだと。それゆえにギリシアの最初の思想家は、哲学の形成以前に、ヌース（思考）なる語をノストス（回帰）という語のうちにおこうとしたのである。考えるとは、どんな場所に分け入ってもよいが、いったん死の試練を抜け出たあとは、自分たちの一族がいる場に戻れるように道を記憶しておくという意味があったのである。後悔（ラテン語ではレグレッスス）は、考える行為のいさぎよさにもついてまわる。思考されるものにあって忘れられずにいる道がある。「方法」を意味するギリシア語（メタ＝ホドス）の意味はそこにある。逆の道（再把握の道）、そこではまさに移＝転（メタ＝フォラ）が逆向きに生じる。思考の遡行的な動きのなかで果てしなく息づく失われたものがある。人間は戻らずに考えられるだろうか。できはしない。ラコルドゥスが肉体の変容を受け入れようと決意する前に、原初の新たな水に身を浸す前になぜ「わが死者たちはいずこに向かわれたのか」と考えたのかという理由が納得されるだろう。後悔が王を捉え、彼は永遠の水を忌避し、その三日後には、最も多くの者たちがいる場でみなと合流しようとしたのだ。すなわち、すべての死者が大地の下に身をかがめ、すべての死者が大地の下に身を腐らせてゆくあの世の暗がりのなかに。

　こうしてホメロスの『オデュッセイア』第十七歌第三二六詩節は、ノエシス（匂いの判別、考え）をはたらかせた猟犬を直後に襲った奇妙なタナトス（官能性、収縮、鬱、死）を描く。二十年間にわたり再会を待ち望んできたオデュッセウスの姿を認めたと思った瞬間、死の影はアルゴスの瞼を閉ざしたのである。

第四章　ナーガセーナとメナンドロス王

『ミリンダ王の問い』はパーリ語で書き記されている。そこではギリシア王メナンドロスが紀元前一二二年にガンジス河上流地域へと軍勢を進めた遠征が語られている。パンジャブ制圧の際に僧侶ナーガセーナとミリンダ王とのあいだに実際に交わされた対話が膨らまされ、飾り立てられ、見栄えのするものに書き換えられている。ミリンダとは、メナンドロスの名の翻訳である。バクトリア王国ギリシア軍の遠征の際、王はただひとり副指揮官デメトリオスをしたがえ、サンケーヤ神殿に赴く。ナーガセーナはすでにその場に到着していた。二万人の仏教僧に囲まれて座っていたのである。メナンドロス王は、自分が制圧したインドのすべての地域で、対立する意見をもつ弁論家をことごとく論破したとうそぶいていた。王が言うには、「ギリシア思想はこれまでのところ最も大胆なものである。ローマがわれわれを制圧しても、彼らはギリシア思想の優位をみとめざるをえなかった。だからこそ彼らは子息をアテネやアレクサンドリアに送って教育を受けさせたのだ」。

それゆえにミリンダ王（メナンドロス）は傲慢にも、サンケーヤ神殿に着くと、随行する士官ダヴァマンティヤ（デメトリオス）に耳打ちする。

「この弁論家に私と論争するだけの力量があるのだろうか」

それから、高僧ナーガセーナをとりまく八万人におよぶ僧をみわたすと、ギリシア人の王はこう付け加えた。

「ここに居並ぶおびただしい人間の数は何なのだ。思想は臆見ではない。八万におよぶ人びとの同じ考えをもっていても、それ以上に、ただひとりの人間の思想が正しいことがありうる」

だが、デメトリオスはこう答える。

「わが殿よ、考える集団ではありません。師に学ぶ弟子たちなのです」

そのとき突然だが、生まれて初めて、ギリシア人の王は彼の頭蓋のなかで何かが顫えだすのを感じ取った。パーリ語文書によれば以下のようになる。「犀の群れに囲まれた一頭の象、ガルダによって包囲された一頭のナーヤ、水牛の群れに囲まれた一頭の熊、蛇に睨まれた蛙、悪魔払いの行者に捕まった悪魔、虎の鋭い爪に捕らえられたガゼル、出たり引っ込んだりする猫の爪に怯える鼠、ラーユーの口に咥えられた月、籠の格子に体をぶつける小鳥、網に引っ掛かった魚、森に分け入る人間、怖さから顫えがきて、怯え、当惑し、不安に襲われ、脳全体が頭蓋骨の奥底から沸騰しはじめ、メナンドロスの魂はこの弁論家が日が暮れるまでにギリシア王を打ち負かすなど一体ありうる話なのだろうかと考えた」

第五章　思考の道

嗚咽には、精神をはたらかせるのに都合のよい、鼻孔に血液をおくる作用がある。

思考と死のあいだに関係があるのは、捕食を終えての帰巣と森林地《サルトゥス》、荒れ野、氷原、アウトフィールド、密林など、家から遠く離れた場で生じる殺生とのあいだに関係があるからだ。狩猟者が狙う捕食動物と死せる獲物のあいだに見出されるのは思考の関係であり、その獲物を司祭が切り分け、火で炙り、階層秩序にしたがい分け与え、皆がこぞって、また同時に階層別に聖別化された多数の集団がこれを食するのである。

死、後衛基地。

圏内に侵入者があらわれるとすぐに、逃げ出すか（水平に、地平線にむかって）、土にもぐるかする（垂直に、回転によって、場そのものに穴を穿つようにして、姿を消す）。

大昔は（昔々、すなわち動物たちが言葉を話していた頃、すなわち体毛で全身が覆われていた古代人が、捕食者というより獲物となる場合が多く、森で暮らし山中の洞穴に身をひそめていた頃）、匂い《ノエシス》をかげば呪われた場なのかどうかが分かると言われていた。

古びた血の匂いが死の現場から空間に「ひろがりだし」、すべての作品のうちに「とどまっている」。これは自分の絵には糞便の匂いがするとしたレンブラントの言葉だが、アトリエにやってきた絵の依頼主たる面々が図々しくも画架のすぐそばまで近寄ってきたのを画家が見とがめて口にしたものだった。アムステルダムの二つの街路、すなわちブレーストラートとズワーネンブルグワルが交わる地点に建つ家の三階に位置するアトリエでの出来事である。窓辺に寄れば、運河とラビのメナセが所有する印刷所の姿をまだ見ることができた。芸術に接近する狩猟者は、まずは腐ったような、食いもののような、身の危険を感じさせる往古《ジャディス》の匂いに脅威をおぼえる。男女がさしたる理由もなく突然ある種の不安に襲われるのは、死から何かが発せられたからであり、それは死に続く瞬間、死を食すこと、死に瀕した臓器の弛緩から発せられるのである。不安が交じる逡巡のこうした姿には恐怖もしくは嘔吐感に類する特徴はみられない。警戒状態、跳ね返り、食い込み、そしてなおも跳ね返りつづけ、死の危険をともない、飢えた状態にあり、嵌入と共食いをつづける抱擁、それこそがヌース（始原の思考）なのだ。それこそが屍体の真っ只中でなされる思考の生きた動きなのだ。精神は生ける肉体であり、みずから手にかけ殺《あや》めた者たちを食して生きつづける。イエスは突然声を強める。「誰が私の軀に触れたのか」。ひとりの女が彼の長衣の端を指でつまんだのだ。するとどうだろう、出血はただちに止まった。女の尖った爪が神のなかに生きつづける原初の獣に触れたその瞬間、原初の血の流出が止んだのである。

*

明け方になって、まるで滑るようにして猫が家から庭に出てゆき、岸辺にたどりつく姿を観察してみるといい。猫は突然ところかまわず匂いを嗅ぎ始める。同類が通り過ぎたのだろうか。ほかの動物だろうか。猫は探す。あてどなく歩きながら考えるのはただひとつの事柄だ。どこに〈主〉はおられるのか。まだ暗い空に向けて猫は目をあげ、あたりを見まわす。〈主〉、というのは実は問いではない。〈主〉とは場である。主、それは〈場〉に訪れる〈夜明け〉のことだ。猫の湿った鼻孔は、いままさに壊れようとする暗がりのなかで主を感じてひくひく動いている。

＊

柳生の主《あるじ》が邸内の庭に出て桜を眺めていると、ふとあたりに殺気が漂うのを感じた（主君の太刀を抱えてつきしたがう小姓の頭に、いまならば、背後から襲い、たやすく一刀両断にできるという考えがよぎったのだ）。

＊

水をかけられた水撒き人〔リュミエール兄弟の名高い短編映画のタイトルでもある。獲物に捕食者が逆襲される点でラスコー壁画の人物像と重なる〕。ラスコー洞窟に刻まれた最初の人間の姿、つまり獲物に殺された狩人。それこそが茫然自失であり、そこに忍び込む不安であり、まさしく思考に先立って、生存のために貪り食うどの個体にも見出せるものなのだ。自分にも同じことが生じるかもしれない。転倒、少なくとも時間を遡る反転といいうるもの、エナンティオドロミア（揺り戻し）がノエシスの起源にある。

奇妙なシンメトリーが思考に棲みついている。

古代エジプトのフレスコ画では、ラスコー洞窟の壁面とおなじく、形象《イメージ》が思考に先立つ夢想になおも手を触れている。家ネズミや野ネズミが猫に逆襲するのである。ネズミのほうが猫をつかまえるのであって、四肢を縛り上げ、船に乗せて運んでゆく。一羽の小鳥がこれを先導する。

シンメトリーはつねに攻撃的である。(自然界にあってシンメトリーは異質な二者の友好関係ではない。相手を貪り喰う二個の生命体のあいだに生じる擬態的な欲望なのである。物質にあっても事情はおなじで、プラスマイナスの二極間に生じる電圧差を考えればわかる話だ。)古代の思考においては、推論の過程での後戻り現象は獲物から捕食者へと向かう。政治においては殺害される者から殺害者へ、呑み込まれた者から食する者へ、内容から容器へと向かう。

紀元前二世紀のエジプトのパピルス文書には、将軍ネズミが何匹かの犬に牽かれた猫にまたがって凱旋する姿が記されている。このように言語的思考にあっても、その起源には倒立した自然イメージがあることがおのずと顕わになっているわけだ。思考は夢想のプロセスを追いかけているのである。思考は言葉を身にまとうことで動物的な幻覚妄想から脱したと信じるわけだが、なおもこれを追いかけていることに変わりない。「帰り道をどうやって見つけるのか」という問いは、人間の活動範囲よりもさらに広大な領域に関係している。昆虫が巣に戻り、魚が群れに戻り、蜜蜂が巣に戻るのもそうだ。住処に帰るすべての動物の後戻りがそうだ。「帰り道をどうやって見つけるのか」という問いは、ただちに時間的な問いとなる。現在という時にあってどのように母を見出すのか。食の対象として目の前に差し出されるもののうちに、過去に愛したものをどのようにして見出すのか。過去に飲んだものを。以前の状態をどのようにして現在に見出すのか。

人間の魂は、どの動物にもそなわる栄養補給の欲求のように、後戻りという形象に支配されている。あらゆる欲望は好んで選ばれたものへとたちもどるのである。反復強迫はそれ自体が悪というわけではない。ギリシア語のメタ゠フォラはラテン語のトランス゠フェールと同義である。同一物への回帰、それじたいが事物の本性の力《コナートウス》なのである。来た道を戻るのは死活問題である。かつて食べて幸福を感じたものをまた貪り喰うのは気持ちよい。後戻り《レトログレシオ》は移動《ミグラチオ》と同時に獲得される。それは後戻り（空間的な意味においても時間的な意味においても）の省略法（時間的な意味においても空間的な意味においても）を基礎づけるにいたった胎外へと出る同じ動きなのである。

*

誕生なる出来事は胎内から外に出る動きからなっている。

胎生動物にあっては、胎外へと生まれ出ることが思考をあらかじめ決定づける要素となる。

グノー、それは知ること（connaître）である。この場合の、知るとは、まさに「生まれる」（naître）ことそのものに由来する。それは生まれる、の完了形である。

知る、それは産み落とされたということである。生まれることが、知識をえることであるならば、生まれ出たというのは知ることである。

往還の動き、それがまず知る、知識をえる動きとなる。

大地に生命が出現する以前に、波が引いては押し寄せ、やがては断崖が崩れ落ち、砂粒ができるにいたる。

ギグノースコーとは、声の響きで相手を認知することであり、鳴き声を聞き分けて動物を追跡することであり、雲の形や空をよぎる鳥たちがむかう方角を窺って天候現象を見きわめることである。ギグノースコーは、ラテン語ではコグノスコとなる。ゴグノーメンは認知の徴である。それはまずもって固有名のことなのである。固有名があって、形態が唯一無二であることをもってその人の生を語ることができるようになる。どの場合も異名は野に姿がうかびあがる者の痕跡である。語る（narrare）にしても、生まれる（naître）からさほど遠くにはない。果てしなく生まれつづける流れを個々のものとして生み出すことが問題になるのである。語りえぬものは産み落とせないという意味になる。

*

定理一

思考はたえず脇に逸れて戻ってくる。ギリシア語の用法だと、この精神／知性《ヌース》＝帰還《ノストス》はノエシス的な語りをつくりだす。思考にあって、語りそのものが絆をなす。

補注一

ラテン語で所産的自然《ナトゥラ・ナトゥラータ》（大地、植物、動物）と能産的自然《ナトゥラ・ナトゥランス》（大地、植物、動物を支える物理的躍動、それらに栄養をあたえ、それらを輝かせる太陽の光輝）との結びつきは胎生動物に特徴的な内容と容器の依存関係（三種類の様態がある、すなわち子供から母へ、時間的に近くにあるものから遠くにあるものへ、貪り喰うものから貪り喰われるものへ）から生じるものである。そこから回帰をもって始まる時間的運動としての思考がはたらきはじめる。

*

エペソスのヘラクレイトスは、誰も太刀打ちできないような強力な直感の持ち主だった。言語《ロゴス》とは、逆向きの方向にむかうあの運動である（移動にあって戻る《ノストス》うごき、霊魂《プシュケー》における罪の意識、書記における牛耕式《ブストロフエドン》）。いままさに執筆にあたっている手を含む動きを調べ、これを指し示すために、ヘラクレイトスは「揺り戻し《エナンティオドロミア》」という語を考え出した。犂の尖端は東から西へむかい、さらには西から東へむかい、さらに東から西へと動きは果てしなくつづく。

太陽が空にえがく跡もこれとおなじである。ヘラクレイトスは「闘争は途絶えるがよい」と言ったとしてホメロスを非難した。

生物で雌雄の根源的な違いをもたぬものはなく、両者がむきあい、腹と腹をこすりあわせることで生殖がなされる。調和は対立であり、その荒々しさが中断することはない。生命体は眠りに落ちるたびに死と触れ合う。人間はひとたび目覚めても、なおも夢をこねあげ、少しばかり自分たちとは異なる他者へと向かう欲望がその夢のなかで進む方向を定めるのだ。陶工がロクロをまわす際に一方向だけに回転させるわけではなく、双方向への動きが同時に生じるからこそ湿った指のもとに壺のかたちができあがる。そんなふうにして陶工は宇宙の回転を模倣する。ギリシア人たちのアルファベット書記法の運動は回転運動に比すべきものであり、ごく限られた文字数によっても、文字の線の組み合わせは、ありとあらゆる事物を書きあらわしうるのであり、過去に存在し、いまは消え去ったものでも、誰も見たことがないもので将来その顔がしめされるはずのものでも、すべて同じように書きあらわせるというわけだ。夜と昼は一体である。ネジは曲線の連続からなってはいても真っ直ぐである。上り坂はおなじく下り坂ともなり、二つの斜面、一方は日向になりもう一方は日陰になっていてもそれぞれの斜面はおなじひとつの山をなしている。生と死は顔をたがいにとりかえる。道がどこに通じるかを完全に忘れてしまった者でも、起源の明るみに果てしなく入り込んでゆく。

＊

ギリシアでは、エペソスの大思想家のあとを受けて（彼がひととの交わりを断ち、山中にひきこもるに先立ち、エペソスのアルテミス神殿に著作を奉納したことを受けて）はじまる哲学の全歴史を通じて、匂いを嗅ぎわける作用は、大気中にただよう過去の香をよびさますことだった。ギリシア語だと、知性《ヌース》の思惟作用《ノエシス》は帰還《ノストス》となる。後継者《ディアドコス》ダマスキオスが六世紀初頭に逃れた先はトルコではなくペルシアだったが、ヘラクレイトスがエペソス王となるのを拒んだ時からかぞえて千年以上後に、エペソスの王家に生まれた者のようにおなじくギリシア語で書き、おなじ表現を用いている。「思惟《ノエシス》はその名が示すように思惟作用《ノエイン》と区別ができない。こんなふうに思惟《ノエシス》はふるまう《ネイタイ》のであり、〈存在〉にまで「遡及する」のである。思惟《ノエシス》はそれゆえに遡及《ネオエーシス》なのである。われわれがネオエーシスをノエシスと呼ぶのは、母音融合をもってしてのことである。知性《ヌース》は倒置反復《エパノドス》である（フランス語で言い換えれば、精神は生から〈存在〉へと逆流する動きなのである）。ノエシス（思惟作用）はゾーエ（自然空間における動物的生）から湧き上がり、ウシア（天空にうかびあがる星辰に見出される存在の存在性）にいたる」

ダマスキオスの思想にあって、思考作用の探求は、さまざまな存在の変遷を、環から環へと、それぞれ動物的生、自然、物質、コスモスなどについてたどりなおすなかで、起源へと遡及する。

この点に関して、プラトン主義者もストア派哲学者も意見をひとしくしている。個体発生は系統発生を再-現するのである。退行は遡及する。

鮭は流れを遡っていると言われるように、思考は流れを遡る。

第六章　ポアンカレが乗り込んだクータンス行きの列車について

アンリ・ポアンカレは語る。「クータンスに到着し、列車を降りて、乗合自動車に乗り込んだ。鉄製ステップの最初の一段に足をかけたとき、それまでの思考の流れからすればまったく思いがけない発想が頭に浮かんだ」

ルソーは突然の生気あふれる霊感の訪れに見舞われた。『メルキュール・ド・フランス』誌でディジョン学士院の懸賞論文の課題を目にしたときのことだったが、まさしくそれは本物の声による霊感だったのである。考え悩んだあげく急に魂は空になり、まるで雷の飛来のようにそこに声が鳴り響いて答えをささやいたのだった。「課題を目にした瞬間、私には別世界が見え、自分は別の人間に生まれ変わった」。これより二十年後、この記憶はなおも失われず、一七六二年一月十二日には、マレルブ閣下宛に彼は次のように書き送っている。「仮に突然の霊感に似た何かがあるとして……」、さらにこれに続けて、彼の頭は「酒の酔いにも似た麻痺感覚」に襲われたと述べている。「四年もしくは五年以上の」期間にわたって、ファブリキウス〔『学問芸術論』に登場する理想化されたローマを体現する人物〕はルソーの自我を体の奥深くにしりぞかせたのである。これは転移というべき現象である。このめくるめく官能的な転移は、文章行為の彼方、季節の推移の彼方で持続する。プルタルコスとタキトゥスが後世に語り伝える人物は、ダイモンがソクラテスに宿ったように、ルソーの魂に宿ったのだ。そしてソクラテスがプラトンに宿ったように。そして古代世界にあって千年の長きにわたって新プラトン学派に宿ったプラトンのように。このようにして転移の運動は知的はたらきを煌めかせる。

*

交接のさなかに急に昂じる興奮状態《エクシタティオ》は、獲物に飛びかかり肉に食らいつく肉食動物そのものである、これとおなじように、目に見えない焔が突然考える人たちの肉体組織をことごとく燃え上がらせる。

*

ローマにあってルクレティウスがエピクロスのギリシア語の書に出会ったとき、「性的な愉悦《ウォルプタス》」をともなう何か神々しい畏れ《オロル》に捕らわれたと『物の本質について』(第三巻二八―二九)は語っている。「世界の防壁《モエニア・ムンディ》」が突如として裂けて《ディシエンドウント》、扉がひらき壁面の一角全体におよぶ広大な眺めが眼に飛び込んでくるようだった。こんなふうにして、思考作用にともなう歓喜はまず時間の連続性を解体するのだが、まさに身体の自己認識はそのリズムの連続性に支えられているのである。さらにそこに認められるのは自己コントロールの放棄という感覚であるが、それは射精や激しい感情がひきおこす心的な意識の消滅など、踊っているあいだ、あるいは憑依の果てに肉体の意識が消滅するときに訪れるものである。目印が消え去り、魂は完全に更地になる。そのとき、いきなり、自己はすべてを作り直し、その内部に別の存在がまばゆいばかりの姿をもって迎え入れられる。

　思考のはたらきは組み合わせをほどく動きであり、始めは魂を苦しめるが、組み直す作用が思考のはたらきを突如として断ち切ると、あとはあふれんばかりの陶酔に変わる。

　パレネ地峡に臨むポティダイアにいたときのソクラテスのエクスタシスをクセノフォンが表現するにあたって、彼はそれを強硬症《カタプレシス》とした。

　プラトンが『パイドロス』二四二bで描いたソクラテスの姿は、その後、スウェトニウスが描くところの、ルビコン河を前に身動きができなくなるカエサルの姿を思わせる。「まさに川をわたって向こうへ行こうとしていたとき、突如として大気中に合図《セメイオン》が生じて、引き止められたのだ」。ここに認められるのもまた「神の制止」である。ダイモンの声が彼に告げる。「動きをやめよ。危険を冒して前に進んではならない」。そこですべてが静止する。ソクラテスは川のほとりで、動きをやめる。カエサルは赤い小さなルビコン川を目の前にして動きをやめる。両者にあって、すべては、おなじ瞬間に、完全に断片化され、解体されたうえで、一極に集中する。

　プラトンの描写は『イオン』五三三dでは、さらに詳細におよぶ。この静止がうみだす奇妙な瞬間にあって、肉体と魂は「エウリピデスがマグネティスと名づけ、多くの人びとがヘラクレと呼びならわす石の作用のように元の場から離れたところに移動する」。ここに見出される特別な陶酔は、形式の彼方にむかって、実体から実体へと移りゆき、磁力の作用を定義するのである。

　これまで列挙してきたこのような体験のすべて、そしてまた体験の描写は、古き中身が、かつておかれていた場におきなおされる姿を想像している。容器に再度入れ直された状態。未生の嚢への再嵌入。

　根本的には、出産よりも前にあるのは、引き寄せられるものから引き寄せるものへとむかう磁力なのである。だからこそソクラテスはみずからを産婆《マイエウテ》とするのであり、そしてまた躊躇うことなく、思考を新生児《マイエウマ》にたとえるのだが、新生児とは母の胎内を出て、母へとむかい、母のスカートに顔を埋め、より古い毛皮に身をくるむようにして母にしがみつき、最後は都市国家の城壁内で死ぬ者のことである。

ソクラテスは羊毛の糸を用いて、ある盃からもう一つの盃へと中身を移し替えることができるというたとえ話を最後にもちだす。思考とは、ある容器のかたちを別のかたちへと移し替えることである。プラトンは『饗宴』一七五eで以下のように述べている。羊毛の糸をつたって満ちた盃から空の盃の方へと中身が流れ込む。毛管現象という点では植物内の樹液の上昇もそうだ。ポロスとは、元々は、水路、通路を意味する語である。したがってアポリアは根源的な涸渇、不毛な乾燥状態ということになるわけで、何かが引き寄せられるのを待機しているのである。アポリアは霊魂《プシュケー》の内部で通底器のはたらきをする。餓えのようでもある。喉の渇きのようでもある。欲望のようでもある。(揺り戻し《エナンティオドロミア》に関係するように、毛管現象は、灌漑に関係する。両者ともに大地に書き記すのである。)

*

重力を無化する力とは、そしてまたアポリア、飢餓、喉の渇き、欲望など、サイフォン内部で突如として吸引をはじめる力とはどのようなものなのか。液体を管の尖端に送るのは圧搾空気ではない。それは流体自身に突如として生じる不均衡なのである。突然の不均衡がメタファー(事物から事物への輸送)に躍動をもたらす。転移をになう言語においても事情はおなじである。転送、同期、春はたがいに結びついている。樹液全体がいちどきに上へと引き上げられるのは、冬の不均衡に起因するものであり、洞窟の外に熊が出て来るのも、樹木がいちどきに葉をひろげるのも、花々の開花が一斉に生じて同期するように見えるのも全部おなじことであり、同期は驚嘆をもたらし、これを肌で感じる者の目には、大地がさしだすもっとも美しい光景に見えるのである。

われわれの目もそこから生まれ出てきたわけだから、たしかに光景は美しく見える。

すべてがそこから生まれ出る、だから、毎年、春の到来とともにすべては生まれ変わるのだ。

*

二つの力が絡んで不均衡が生じるこの瞬間の特徴は前触れがなく、いきなりだという点にある。このような速歩、あるいはこのような突然の訪れといったものは、関係する時間の特徴をしめしている。これに春を意味するフランス語の——みごとな——名詞 printemps をあてるだけの根拠があるのだ。フランス語の printemps はラテン語では primium tempus（最初の時）に分解される。時間的継起にあって最初の時というわけだ。最初の一歩であり、これを支点として時間は地上での回転を重ねるのであり、原初の自然《フュシス》的時間だといってよい。このように前触れのない訪れは、魂における時間の拍節の最初の一拍、もしくは空間の奥底にある時間の舞踏の最初の一拍をひびかせるのであり、自然《フュシス》の情動（e-motio）をなすものである。ラテン語の情動にあたる語は e-movere すなわち外に出る動きを意味する。ギリシア語のフュシスは phuein を意味するが、これは出現するということである。「かつてあった」を意味するフランス語表現《il fut》は、ラテン語の《Fuit》に由来するものである。〈存在〉の過ぎ去った時間は、突如として einai（＝連れて行った）の圏内を離れ、いきなり phuein（＝出現）へとむかう。ギリシア語のエクサイフネス（いきなり）は prin-temps すなわち最初の時にひびくこの最初の「一拍」をしめす。自然の年の時間にひびく最初の一拍にあって〈存在〉が存在を離れて自然《フュシス》にむかうのは、胎児が母を離れて言葉を話さぬ《インファンス》幼児へと変化するようなものだ。

プラトンがエクサイフネス（いきなり、突然、突如として）という名で呼ぶ神は、二つの生体のあいだに生じる時間的な切断を意味する。胎生動物にあっては、まさしく誕生にひとしい何かである。

物質における二つの状態のあいだにも同様なことが生じる。火山の爆発が「突如として」（爆発的に）冷えた溶岩に覆われた一帯を破裂させて溶岩があふれ出るとき。

内的な輝きと外的な変容のあいだで。

二つの世界のあいだで、すなわち誕生。（この場合に羊毛の糸は羊膜管となる。）産婆にも母親にも胎児にも予想できない予見不可能な出現というわけだ。

この動的瞬間がつねに「突然の膨張」というかたちをとるとして、ノエシスとエクスタシスという体験は識別可能なのだろうか。しばしば性的快楽を模倣するようにみえるシャーマン的なトランスは、これと差異化できるのだろうか。オルガスムスの瞬間は、頭部の内部に生じる陶酔の痙攣と区別できるのだろうか。まばゆいばかりの麻薬の閃光についてはどうなのか。そしてこれまで人びとが考えてきたようなものを一挙に変容させる心霊的な天啓は。霊感、響きわたる声は思いもよらぬかたちで人びとの魂にはたらきかけるので、何が何でもまっさらな紙を手に入れて、そこに影像や書字を転写しなければという思いが生まれる。有無を言わさぬイメージの訪れが執拗につづいて反復の衝動がさそいだされるのか。リズム細胞が反復されるなかでしだいに歌に変わってゆくというわけか。夢のシークエンスが言葉のシークエンスに紛れ込み、言葉のうちに自分自身を伝染させるというわけか。あるひとつのイメージ、あるひとつの顔、移ろう時のうちに身体をもち霊魂《プシュケー》を拘束する一柱の「ミューズ」が時間に不意打ちを喰らわすのだろうか。恋の一撃を受けた際、瞬時に「別の身体」を認めて、「別世界」へと強引に引き込まれるというわけか。ある種の光景を前にしたとき皮膚の内側に生じる顫え、感性の戦きなのだろうか。ある特定の調子の声をたまたま耳にしたり、本の一節が琴線に触れたりすることであふれる涙というわけなのだろうか。トランス状態が、めまいに続いて、体をねじ曲げ、両腕をうしろに持ち上げた状態のまま、いかなる予告もないまま、大地に体を放り投げるということなのか。いわゆる神秘的なエクスタシスが祈る者の体を地面に引き倒すのが、いままさに呼び出そうとする相手がエクスタシスに侵入し、これをさらにおしひろげ、これを変化させるときであり、そのとき歌全体が突然に引き潮時の波のようにこれに侵入するというのか。

ここにあげた数々の体験には以下のような共通点がある。変容は自己の意志によるものではなく、いつ生じるかは予見不可能なのである。奴隷が主人の——子供が母親の——支配下にあるように、魂もそこでは支配されていて、肉体が多かれ少なかれ意識を失った状態になり、箍が外れ、打ち倒され、「自分を忘れる」のは、かつて「母の外」へと出た ex-motio の瞬間とおなじである。

＊

誕生にあって個体の同一性《イデム》などないし、生まれ出る者の魂には自己《セルフ》もなく、その身体の質量には自己認識もない。

愛においても個体の同一性《イデム》は存在しない。

プラトンの『パイドロス』二五五cには次のように書かれている。ガニュメデスに恋したゼウスが、抑えがたい欲望《ヒーメロス》と名づけたあの流れが、恋する者に向かってあふれだし、その一部は彼の中に吸い込まれ、だがガニュメデスがすっかり満たされると、そのほかは外に流れ出る。

性愛においても——愛する者の身体とおなじく愛される者の身体についても——「身体の外部」があり、それはいわばエコーのように、岩壁にあたる声が跳ね返るのにも似た欲望の姿をなしている。肺が形成される直前（最初の世界にあって、別の身体なる別世界に生きていた時のすぐ後）がそうであるように、身体はたちまち「自己」のない、「自己の外」にある状態にもどる。〈存在〉は純然たる外部へとたちもどり、壁に自分でぶつかり、起源に向かって跳ね返る。

身体に戻ってくるこの「身体の外部」、それは身体の王（原初の神《ゲラス》）の領分（肩）に生える翼である。

この翼は〈外部〉へと流れ出したものの痕跡だといってもよい。

ヒーメロスの波動の跡なのだ。

このようにして霊魂《プシュケー》の活動にあって思考はいわば「翼によって運ばれた」状態になる。そして三世界をかけめぐるのである〔三世界は、プラトンが『国家』および『パイドロス』で論じた魂の三分説、すなわち「理知（ロゴス）」、「気概（テュモス）」、「欲望（エピュメテス）」という魂の三つの活動分野の設定への言及だと思われる〕。

第七章

これまで混乱状態のままにしていた主張の数々をここで整理してみよう。死は早い段階から思考のなかにある。すぐさま、といってよいかもしれない。思考は死者のふところへの回帰に似ている。だがまさしく死は、さらに早い段階、思考以前、夢想のなかにすでにあるのだ。夢とは、殺されて、貪り喰われた死者の回帰である。死者の影像は、夜になって彼らが殺すもの、貪り喰うものとなって登場することをしめす。いずれにしても脅威となるのである。飢えは肉体の中心的な問題である。飢えは死によって空間的に拡大する。飢えは死を喰らう。どの個体も飢えのせいで地上を移動せざるをえない状態になっているともいえるわけであり、食餌のために動くか、それとも早すぎる死もしくは事故死を避けようとして動くかの違いがあるだけだ。前進する人間もしくは動物の頭部の周囲に匂いを嗅ぎ分けるのがまず思考の仕事であり、知性《ヌース》はまずもって回帰《ノストス》であり、思考のはたらき、すなわちノエシスは、みずから嗅ぎ分けるもののなかに嗅ぎ分けられたものを完全な姿で取り戻そうとする。身体の奥底は、動きの瞬間、予見不可能な出現、誕生の「唐突さ」にあって失われた対象との突然の再会を探し求めつつ、食す(nourrir)＝死ぬ(mourrir)のなかで思考が合流をはかる原初の時というべきものに向かって駆け出す。

すべては春＝原初の時、その背後にある誕生に向かって駆け出してゆく。思考が発見するとき、霊魂《プシュケー》はまさしく、一年のうちで春がそうであるように、きらめく歓び、すなわち食餌をもたらし、排出し、孕んで、産出する、脱自的《エクスタシス》な歓びとなる。思考する者が受ける印象は、何よりも再会の感覚である。再び芽がふくときの感覚である。こんなやり方だが、本書を書き始めるにあたり、私は驚異の三連画をくりひろげ、その三つの自然状態のうちに、ノエシスのはたらき、すなわち歓びにあふれ、官能に満ち、エクスタシスへと誘うはたらきを描き出すつもりなのである。

＊

明晰とは、人間の脳が歓ぶ状態にあることである。過不足ない視像。このような歓びには、拡大鏡の効果、老眼の暈けた見え方、近眼の撓み、望遠鏡でみる遠距離の印象など関係する余地がない。器官の正常な機能、それが最初の歓びである。はっきりと見え、焦点がさだまり視野がひろがる、明晰とは、雲一つない不定過去《アオリスト》の青空のようなものである。

まさにその深さがみずから眺める空間を青く染める。

そして空の彼方から光が発するのは、水源から水が湧き出る姿を思わせる。明るく、迸り、透明で、弾け、ほとんど生き物のように石の上に踊って流れるものが、根と花々のなかに入り込む。このような半透明の、明るい光のイメージがアリストテレスとスピノザの著作を浸している。それはスピノザがlaetitiaと呼ぶ歓びである。それは第三種の知識である。アイベックスが岩から岩へと飛び跳ねるときのように、すべてはその足元でしっかり掴まれ、獣はよろめくことなく、その蹄は支えなど必要とせず、飛び跳ね、発見する。

官能の歓びは性的快楽に関係する。そこでは身体は自分の外へと迸り出ることで自己を再生産するまでにおのれを愛するのである。射精の瞬間もまた突然の出来事である。アハ体験をひらくアハなのである。それはヘウレーカすなわちワレ発見セリに見出されるギリシア人の不定過去である。それは往古からたちのぼる喘ぎの痕跡である。発見の瞬間に脳内に生じるショート現象は、別の性器に入り込んだ性器を突然襲う波動である。もはや誕生という起源ではなく、むしろ懐胎という起源こそが思考に生命をもたらすのである。アハは緊張、努力、探求、激しい緊張、頭蓋という洞窟を住処とする奇妙な筋肉の鬱血の後に生じる。それは問題に対してもたらされた——天空から降りてきた——解決である。これは突然唇にのぼった正確な言葉であり——むしろふたたび見出された言葉だといってよい——この言葉のみが象りうる意味が迸り出る。血の気の多い、血まみれの、屹立し、黴をあふれ出させる官能の歓びがある。皮質内の不安な兆し、魂の腫脹、上半身のさらに上の部分にむかう膨張。突然ニューロンが発火する。コンラート・ローレンツの著作には、チンパンジーが急に箱があるのに気づいてこれを踏み台にして、それまでは狙っても手が届かなかったバナナの房を掴もうとするときの熱狂を描写する箇所がある。腕と脚を動かす前に、すでに幸福な興奮状態が顔にあらわれている。一目惚れの恋の相手を認める瞬間の「一撃」が生じたときのように。すべては一瞬のうちに一撃のもとにその眼のなかで縫い合わされる。戸口のそばに認めた惨めな乞食の姿にオデュッセウスを「考える」老犬アルゴスの視線のように、チンパンジーの目は箱の前で大きく見開かれる。

＊

＊

エクスタシスという言葉によって私が最終的に導き出そうとするのは、ありとあらゆる種類の短絡《ショート》の姿であり、これは思考の実践のさなかにあっては性質の見きわめがいささか困難なのだが、象徴的であると同時に象徴化を突き崩す要素をふくみ、分離を引き起こしかねないものなのだ。ブレイクダウン、断腸の思い、怒りなどもまたエクスタシスになりうる。現実からの離脱が生じるのである。内的世界の意味作用のブラックホールである。鬱状態のように、突然すべてが折れ曲がる。

中身が仕切壁を乗り越える。

中身は飽和状態になり、あふれ出て、文化的体験、獲得された体験、言語的体験、儀礼的体験を突然荒廃させる。

外部の何かが身体を打ち負かす。

このように思考に本来そなわる外に立つ《エクースターシス》という状態は死の危険をはらんでいる。

アルゴスという名の犬は二十年後に乞食に狩人の姿を重ね合わせ、狩人に自分の主人の姿を重ね合わせ、到来に期待を重ね合わせて息絶える。

ラコルドゥス王が生者の世界から足をひっこめ、洗礼盤から足をひっこめ、天国の約束から足をひっこめ、神の愛から足をひっこめるのは、変容の求めにおのれの魂をさしだすのを拒むからであり、王は祖霊への思いに身を投じつつ「黒ずんだ口」で息を引き取る。

定理。

われわれの思念の数々にはそれなりの中身がある。

思念に中身があるというのは、考えて死ぬ場合があるということだ。

ラコルドゥスは死ぬ。

アルゴスは死ぬ。

考えて死ぬ二つのあり方がある。

一　ハエマ的に考えて死ぬ場合がある。すべての殉教者はあるひとつの事柄を考え抜いたあげくに、死ぬ。僭主の殺害者はみずからの考えの証したる死にわが身をさらす（ジョルダーノ・ブルーノは花々の野《カンポ・ディ・フィオーリ》に燃える）。

二　ノエシス的に考えて死ぬ場合がある。突然、思考作用、すなわちノエシスが無にしかゆきつかない（書斎でのマルセル・グラネ）。思考作用がブロックされる（執務室での聖トマス）。

第八章　一九四〇年十一月、マルセル・グラネの死

ドイツ占領下のフランスにあって、マルセル・モースはユダヤ人であるがゆえに、フランスの公共研究機関の主任たる資格を失った。この高名な民族学者が職を辞したことで空席となったポストについたのはマルセル・グラネである。これはマルセル・モースとの友情の絆によるものであり、また彼の承認を得たものだった。一九四〇年十一月、マルセル・グラネはヴィシーに赴いた。パリに戻り家に着くと、書斎のドアをあけ、机の前に座ったが、その瞬間、彼に死が訪れた。ミローあるいはガルコピーノはグラネに一体全体どんなことを話したのだろうか。彼の精神は麻痺してしまった。彼の魂は衝撃を受けた。反ユダヤ人法が公布されていたのだ。ペタンはヒトラーと手を結んでいた。この忌まわしい法よりもさらにろくでもない事柄が彼に話されたのだろうか。彼の脳髄が容易にはとりこめない思惟対象《ノエマ》があったのだろうか。思惟内容《ノエマ》は思惟作用《ノエシス》を破綻させる。精神には言い表せないものがある。精神は母の情動のなかにくるまれていた十八カ月を過ぎると、これもまた母国語という言語に占領される状態が続いてきたわけだ。

第九章　一二七三年は十二月、トマス・アクィナスを襲う鬱

トマス・アクィナスもまた筆記用具を目の前にして座っていた。マルセル・グラネがヴィシーから戻る列車を降りたあと書斎に入ったように、中世最大の神学者は僧院の執務室に座っていた。その手には鵞鳥の羽を削ってつくられたペンが握られていた。鳥の羽の尖端はたっぷりとインクをふくんでいた。突然ペンが手からすべりおちた。彼は書くのを中断する。それは一二七三年十二月初旬のことだった。レイナルドゥスという名の助手が彼の前にいて、巨体であり、巨大である教会博士が筆記用具すべてを床に投げ出した瞬間に目を上げた。レイナルドゥスは即座に立ち上がった。彼にはどうすればよいのかわからなかった。茫然自失の体だった。そして訊ねた。羊皮紙、羽ペン、インク、字消しナイフを投げ捨てられたのかと。

「もうこれ以上つづけるのは無理だ」、と聖トマスは言った。

後になって付け加えられたのは次の事柄だけだった（ギヨーム・ド・トッコ筆になる『アクィナス伝』によれば）、すなわち「くだらないことだ」（麦藁のようにくだらないというべきなのは、ラテン語にすると *Sicut* palea という言葉をトマス・アクィナスは発しているからである）。こうして鬱の発作に

あっても、教会史にあってもっとも重要な地位にある神学者はぎりぎりのところで隠喩に訴える勇気がなおもあったことになる。——教養は何の価値もないものとみなされ、どうでもよい干し草のようだと言われているのである。秣のようだと言われているのである。自分を取り囲む書棚は彼の目からすれば、一握りの藁も同然なのだ。そのあと彼は何も語ろうとはしない。『神学大全』は未完のままに終わった。この鬱は最終的には死をもたらすのだが、思惟作用《ノエシス》を決定的に鬱に変えるものである。脳の穴を塞いでいるのは、もはや一個の思惟内容《ノエマ》ではない。もはや思惟作用《ノエシス》が成立しなくなっているのだ。空間のなかでからっぽになる。トマス・アクィナスはそれ以上書こうとはせず、考えようとはせず、話そうとはせず、瞑想にふけろうとはせず、祈ろうとはせず、一二七四年三月初旬に世を去る。

*

よって、これこそが〈最後の王国〉九巻目にあたる本書をもって確かめようと思っている定理である。これほどまでに熱い想いにせき立てられて獲得を願う事柄が、ほんのわずかであってもわれわれを待ち受けている。それとは分からぬ姿で、また考えられていないものとして。

われわれが思考しうるほんのわずかな事柄が、戸口のそばに、乞食のように出現する。われわれのなかにいるもっとも古いつきあいの者だけがその姿を認知しうるのである。いずれにせよ、それだけの勇気があれば、その顔をじっと見つめることができるのだ。

思考は匂いを嗅ぎ分けるようにして空間の空気を吸い込む。思考は見破る。思考は到来する世界の何事かをつかまえるが、思考はそれをとどめおくことができない。エクスタシスのなかに突然ひらかれるこのほんのわずかな事柄へとわれわれはたえず向かってゆく（極限のエクスタシス、決定的なエクスタシス、死のエクスタシスにあってわれわれは自分を見失う)。

ところでいずれの場合も、深淵を見据えることになるが、それは深淵を求めつつ、深淵のふちで踊りながら、ということだ。

以下の驚くべき帰結を付け加えることにしよう。円熟というのは、大気中にかぐわしい匂いがひろがりだし、主だった捕食者のもとにこれを運んでゆく季節のことだ。年齢は美に通じる門である。

第十章　内部に向かうトランス

シャンドール・フェレンツィ〔ハンガリーの精神分析医〕が晩年に主張したのは、幼児期に全面的な心的機能障害を患うトラウマ体験が思考力に関係するという説だった。

すぐれた思考をする者とは、無呼吸状態の脳を体験したことがある人間である。

デカルト的方法に即してこれを言い換えるならば、「思考する実体《レス・コギタンス》」とは、かつて空無に出会い、そのなかで自動的に展開した実体だということになる。頭蓋という空洞を一個の大型のエスカルゴの殻のように思い描く必要がある。その形態に自分をぴったりと合体させる実体は毛細管を伝わってこの殻にやってくる。

四番目の言い方はこうなる。心的な死の危険を体験した霊魂《プシュケー》、死を乗り越えたということではなく、第二の時にあって動物的な警戒状態を取り戻すからであり、さらにはこの警戒状態が第二の時にあって原初の様態を見失うからなのだが、そうしたものが、思考のいとなみを引き受ける渦巻き、回転、旋回などのうごきをなしている。

五番目の言い方だとこうなる。生きた内的世界に、まず誕生の際に息が吹き込まれ、さらには幼児期になって言語が吹き込まれ、喪失対象を発端とする自己帰還が始まるやいなや、つまり考え（pense）始めるやいなや、ということになるが、際限なき過去《アオリスト》の放棄について埋め合わせがなされる（compense）。肺が活動しはじめる瞬間、この放棄に身体は生死をかけて対峙するのだが、それは胎内から生まれ落ちる誕生の瞬間、最初の時ということだ。そこには大いなる空隙があるが、引き裂き、増幅し、生誕につきそい、喪失のなかにあって失われてしまった空隙であり、それじたいが喪失対象たる母を離れて外部空間へ向かうのだ。魂は思考のなかで息を「ひそめる」。孤独な身体の奥深くで、なぜ思惟作用がまったく新しい息をもってすべての反復をひたすらめざすのかという理由がそこにある。誕生のなかにまず出現するのは死であって、まったく新しい息（ギリシア語ではプシュケーは息のことである）は死との関係においては二次的なものでしかない。それが吸気つまり霊感なのだ。

まず思考のはたらきが空隙を埋める。すべての春に似て、年がめぐるごとに、荒廃から、闇から、凍てつく寒さから、閑寂から、冬枯れから生まれるのである。突如完全に空っぽになった頭、死んだ時を体験し、食糧の欠乏もしくは寂寥を体験した頭が満たされる。徐々に思考は痙攣の強度を選び分け、深淵のように体験せざるをえなかった恐ろしい瞑想（喪失、孤立、空虚、寂寥、冬）よりもノエシス的な筋力トレーニング、ノエマ的な集合化を好むようになる。

人間にあって、思考は生者のうちにある生存者を特徴づける。

どの春も〈生存者〉なのである。

考える者――こうした意味での生存者――はみずからの体験を理解するためにすべてをゼロからやり直す必要を感じる人間である。みずからの足跡に立ち戻って、証言者を見つけるためだ。考える者は世界に舞い戻る生存者であり、かつてその世界に生まれ落ちたとしても、そこでは生きながらえる時間をほとんどもたなかった者なのである。

考える者の想念（pensation）は埋め合わせ（compensation）であり、そのひとがあらかじめ掴まえたこと（préhension）が把握理解（compréhension）となる。

生き生きとした理解は魂が引き寄せた死の切迫度に応じるものになっている。

思索者たちに賛嘆の念を向けるべきだろうか。そんなことはない。思考の過剰な備給はこれに見合うトラウマ的な備給の涸渇の結果である。定理一、思考は警戒を要する。ノエシスはトラウマ愛好症である。思考は、考えるのが難しいものを愛するが、それは難しければ難しいほど放り出せなくなるからだ。

*

乱暴きわまりないやり方、もっとも過激なやり方、もっとも絶望的なやり方で備給減を体験した者が過備給をこころみるのも同じ次元にある。

思考は、この第二の様態のもとに文学に関係する。

魂が獲得した言語をもって思考は空無のなかでさがす。だが、文学は、ことごとく中身を失い、自己回帰しつつ、自己を探し求める言語そのものである。

人間をその情念に結びつけるのに死ほど強い力をおよぼすものはない。というのは、情念の力で人間は死を逃れたのである。死とのこの絆は、このことからみても、解きほぐせぬものというべきである。傷から自由になるには、ナイフ——尖筆——をもってするほかないだろう。考える人間は、霊魂《プシュケー》の死に直面するとき、ティレニア海に身を投じるパエストゥムの飛び込み台の人間〔パエストゥムの美術館に置かれた棺に書かれた男の姿〕になる。考える人間は、一般には現在時と呼ばれる共時性よりもさらに大きな通時性へと身を投じるのである。地理的な空間よりもさらに広大な時間に、歴史的時間の継起《シークエンス》よりもさらに深くひろがる非継起的《アナクロニック》時間の深淵へと跳び込むのである。この場合の歴史的時間の継起とは、自分が生まれた瞬間を中心にして秩序が整えられ、時間の流れにしたがって現在へとつながっている。考える人間は、トラウマ的な裂け目を出発点として、自分よりも広大な何かのなかにさまよいこむ。この場合の「自分よりも広大な何か」は、すべてに先立つ最初の瞬間のマルーラの実にとって母胎がそうでありえたような広大な一世界のなかにさまよいこむ。〈失われた母体〉、これが対象である。〈喪失対象〉、これが呼びかけである。失われた母体とともにさまよう、瞑想という動詞が指し示すのはそのことだ。対象のうちに自分を見失う。

メディアのなかにいるメディオスのように（瞑想のさなかに、メディアの死児は黒い母、メディアの腹の奥深くにある皮袋の羊水にさまようまま永遠に外に出られない）。

餓えが生じて、食べるたびに世界から奪い取ってきたものが破壊され、排便のたびに世界から奪い取ってきたものが失われ、かぎりなく中身を空にしながら、かぎりなく餓えが繰り返される、これこそ捕食行為の動因（la motio）である。

ノエシスこそが捕食行為によっておのずと明らかになる唯一の「彼方」である（捕食行為は昇華されずに、商業活動、学習行為、性的欲望、人間的絆と財力の連携をはかる婚姻、諸言語の伝承、貨幣交換と金銭的利益、戦争の勃発、名誉の競合関係、作品の競争関係、賃金の競い合い、場所の競合、権力闘争などいたるところに展開される）。

*

動的な同一性がノエシス的な悦楽に我を忘れるのだろうか。言語の習得の際に獲得される代名詞的なものが、言語を用いる歓びのなかで、過剰なまでに用いられ、力を強めるのだろうか。脳は胎児を複写する。脳は胎児のなかの胎児のようなものである。両者はともに弓なりに屈み込んだかたちをとり、脳は頭蓋の空洞に、胎児は母胎という皮袋におさまっていて、形態の面では似たような姿をしめしている。頭葉と胎児の体は両者ともに水に浸かっている。両者ともに自分を保護する膜によって支えられている。両者ともに側壁に懸架されている。脳と胎児は、体内に呑み込まれた水棲動物であり、自分自身に屈み込み、内部へと屈曲し、光の届かぬところに身を隠し、外気に触れぬように護られた状態にある。脳は容易に他と交わらない胎児であり、そこに怖れが加わる。少なくとも生死の危機を告げる警戒、奥まった場に引きこもる警戒が加わるのである。それは可視的な世界に身をさらそうとはしない生体である。脳は苦痛を知らずにいる唯一の人体器官である。頭蓋が切開されて、尖った刃物の切っ先が刺さっても、電極がさしこまれても、苦痛の心配などない。脳は黙せる存在であり、沈黙のなかで知る運命にふさわしい姿をとりつづける。それは生まれ出ようとはしない野生動物であり、しっかりと自立し、譲ることなく、自分が懐胎された世界から外に出ることなく、その場を動かない。脳は自己の内部に屈み込み、無感覚なまま、自己に集中し、孤立し、己の空洞を円の中心として他からは切り離されたまま、この空洞を支配する待機のうちにある。

　神経的物質、思考するもの《レス・コギタンス》、時間のなかで早く生まれすぎたものは、部分的には自由なまま、自由に回転する車輪のようなはたらきをもち、屈曲したその姿のなかに窪みをうがち、その大部分は割り当てられる特定の場をもたない。それは居場所を変えずに自律的に、一種の空間、自由領域、まっさらなノーマンズ・ランドをひらく。

　強調しなければならないのは、「ノーマンズ・ランド」という表現の「ノーマン」の部分だ。方向をもたない——非＝本能的、非＝人間的、非＝感受的——連関、それはたぶん人類という奇妙な種族の特性をなす要素である。

人類は一方の側では時を待たずして生まれ落ち、もう一方の側では未完のままに終わらざるをえない奇妙な代物だ。

人間とは、ジャンルなき動物、非人間的で、本質を欠き、運命を知らずにいる動物である。

＊

だとすれば、匂いをかぎわけながら考えねばならない。蒼ざめて、考えねばならない。次に何がやって来るのか、少しばかり恐れをいだきながら考えねばならない。発見の驚きに思考を見出す者にとって、思考は血湧き肉躍るものであるはずだ。思考はたえずひとを動揺させるものでありつづけ、不安を引き起こすもの、不安に満ちたもの、抗争を孕むもの、トラウマ的なものでなければならず、さもなくば思考の名に値しないものとなる。いっぽう身体は、魂の発見をその糧とする。身体を奮い立たせる議論がある――そしてまた古き回路、慣習的なつながりを根本から覆す議論がある。裸になって灰まみれになったアルキメデスは、城塞の攻防の際の戦闘以上に激しく炸裂する激烈な思考を体験した――それはあるいはシュラクサイの上方に突如として紅の炎を燃え立たせ、家々の屋根と壁の上方に鉄分と硫黄のまじる噴煙をふきあげる火山よりもなお激しく炸裂する思考だった。

＊

頭蓋内部にひらける空洞で、ニューロンは、脳の発達の流れのなかにあって、いかなる遅延もなく作動しはじめる。誕生に先立つ体験の記録が存在する理由がそこにある。この記録はいかにも奇妙なものだが、回帰性をもたず、自己への回帰は見られない。この記録はまだ言語を媒介とする記憶にはなっていない。記憶なくして回転する奇妙な巻物である。生命活動の体験は息をし始める遙か以前に始まっており、この書き込みはなおも感覚の次元にあるものなのだ。人間の言語が可能になるよりも遙か以前に、環境世界を聴き取る試みが始まっている。

聴取と生命活動が、それ以前に始まっている。

生誕と思考は、これとは逆に、完全に同期している。このように両者は寄り添っているが、それは——両者が懐胎されるときでも、両者の起源においてのことでもなく——まさに誕生の瞬間においてであり、戦友という資格、喪失を同時に体験するものという資格においてである。

考えるとは、習得言語の助けを借りて自分以前に立ち戻り、また新たに、新たな支払いをもって——まったく新たな呼吸をもって絶対的な言語の支払いをもって——ほとんど別の生を得るための生殖の興奮に包まれながら、大気中への突如の出現を基礎づけることにある。

身体の誕生とともに、もはや前とは違ったものへとなりかわった存在の中核に、全体性という問題が浮かび上がる。胎児の状態を後にし、子宮という世界を離れた胎生動物に全体性の問題が生じるのは、もはや全体性が失われているからである。胎生動物が気体の世界に入り、胎児がいったんインファンスになり、身体に性別が生じると、全体性はもはや存在しなくなるのだ。胎生動物は現実を発見する。

定理二。回顧的考察。もはや存在しないものとしての全体性の感覚がこのようにあるのは、かつてそれが存在したことを意味する。時間は性別化とともに、事後に出現する（自分を証す）。時間は鎌（faux）であり、積荷／胎児（faix）であり、短刀であり、石塊（saxum）であり、岩（sax）である。そのようなものだということを時間はみずから明らかにするのである。魂の奥底には無視しえぬ往古の時がある。「かつて」は完全に満ち足りた状態があったのだ。「以前」は包嚢に隙間などなかった。孤独の時にあって、沈黙のなかで、なにもかも一体となっていた。分娩という射出にあって、未知なる世界にむきあう戦《おのの》きにあって、死の切迫にあって、性的な身体、すなわち性別、分節、切断が生じ、罪を背負った身体の開示にあって、どの個体の肺にも生じる悲嘆にあって、一体性の喪失こそが大気との遭遇という最初の試練をなす。

　思考は喪失のなかで突如として生じ、そのありさまは、言語＝舌が世界の事物を名指すとともに実際のところはその喪失を消化するにも似て、身体にいきなり飢えが生じ、来る日も来る日も植物や獣をなど、命を奪った相手を貪り喰う姿を思わせるわけであり、それゆえに言語は、いったんこれを習得すると、去勢、性別化、差異化、噛み傷、要するにその噛み傷ひとつひとつのなかにある悔恨にも似た喪に引き寄せられるようにして思考のもとにたちあらわれるのである。

　しかしながら、大気をもって始まる生が肺をそなえた身体、言葉を話し、社会性をそなえた身体をつくりあげるのとおなじく、子宮内の生命は胎児の身体、感情のおもむくままの孤独な身体をつくりあげる。事後の効果というものがあるのだから、後ろ向きの視線もあるのだ。干潮があるのだから、剥き出しの空洞と海に押し流されるあの漂流物があるのだ。言語と記憶以前の体験に固有の舫い綱が「かつて」あった。生まれる前の認識がある。関係があり、臍があり、つねに獲物を待ち受け、多かれ少なかれ鬱に沈む思考するもの《レス・コギタンス》に先立つ世界が「かつて」あったのだ。濡れた羊毛の糸の奇妙なもつれがあるが、それは太陽があらわれるまえに織りなされたもので、源流にある諸世界をたがいに通じ合わせるものである。人間社会が支配を拡大する以前に、つねに遠くの孤独な王国が存在した。母に先だってつねに歌があり、言語に先だって無音の瞑想があったのだ。

＊

註解二

生まれ出るものにしてみれば逆説的だが、エクスタシスは内側にむかう性質をもつ。通底器がはたらくのは、隣にある液体を導き入れる空洞が最初にあるからで、空洞の大きさに比例して液体が上昇する。空洞の大きさに応じて、液体は空洞から流れ出し、もとに戻り、たがいが入れ替わる。悲嘆、悲しみ、鬱は、三者ともに体内にあって、機会があれば体のなかにくまなくひろがろうとしている。みごとな喪失が、大気に触れた魂の空白の基底となるなかで、光景を見つめるひとはそのなかに呑み込まれてゆく。同じように、無人の光景、不在が性愛の根本をなし、誰か別の相手が孤独な魂の正真正銘の無のなかに、想像不可能なほどの、無視しえない重要な（それ自身《イプセ》よりも大きく、我《エゴ》よりも大きな）地位を占めるにいたるのだ。

第十一章　太陽

花々に匂いをかぐための鼻はないのに、あたりをよい香りでみたす。

太陽という天体は周囲を照らすが、見る目をもたない。

話される言葉は、これを反映するための意識を必要としない。実際のところ、言葉は身体の反映のなかでいたずらに浪費されるのであって、言葉は謎めいたその身体に、世を去った先祖の綽名および氏姓の古きストックから取り出してきた死者の名をあたえる。

話される言葉の役割は長いこと擬態的なものだったし、いまなおそうあり続けており、そしてまた固有の意識をもたぬものであったし、いまなおそうあり続ける。

われわれが関係するあらゆる運動に違和感や苦痛がまったくなければ、これに気づかずにいる。

ある物体が位置を変えても、ほかの物体と同じ速度で動いていれば、動かないように見えるという相関関係があるが、われわれはそのことに気づかずにいる。

命題一。生ける世界にあっては過ぎてゆく時間がたえず忘れられてゆき、われわれが直接かかわりをもたなかったものをも含めて時間の展開を受け継ぐのとおなじように、われわれが考える瞬間にあっては、話す言語の組織法や語彙を苦労して習い覚えた記憶は失われている。

思考の奥底には夢想（la rêvée）が生き残っている。それが眠りを介して脳にもたらされたことは完全に忘れられているわけではないが、そのことに気づかずにいる。というのも思考もまた眠りなのである。思考が知覚するのは欠落している対象だけであり、夢がその対象を偽りの装いをもって回帰させる。想像的なものは、象徴、対立、亀裂、言語、役割、記号のどれよりも深いところにあり、より執拗にありつづける。

夢にあって思考が自分勝手に行き先を決めるのは、突如として死がところかまわず自然のなかにあらわれ、生を養い、生をおしひろげるかのようなふるまいをみせるのに似ている。

*

註解一。子供の生には言語的性質がそなわり、生涯にわたって記憶が持続するのに対して、胎児の生は想起の圏内にはない。脳内の生は、どう見るにせよ、言語が目印を得ようとしてつくりあげる記憶の手前にあるということになるだろう。胎内《イン・ウテロ》の生のまっただなかにある状態とは、構造の構造である。つねに夢をみつづける睡眠のようなものである。網状組織の配置は記憶されない《インメモル》。言葉を話すようになり、話すことで自己の痕跡を第二世界に残し、名づけることでその痕跡を区別し、太陽の光に応じて痕跡を調整する存在を除けば、太陽のもと《スブ・ソーレ》に記憶されるものはない。数々の神話は、これに先立つ夢の数々と同じように生の欲求に応えるものである。数々の物語のイメージが実現する欲望は普段の生活にあっては怖くて口にできない種類のものだが、物語の語り手がひとを怖がらせようとして、あるいは皮肉をこめて動かす唇にふと浮かぶ言葉がそれを教える。魔術的なプロットは前もって夢のシークエンスによって形成されているのだが、なんとも妄想的な窮地からの救出という解決法は、悲劇が、みずから行為におよばずとも、おそらくカタルシス的というべき性格をしめしたり、あるいは魂にこれに立ち向かう夢の範型をもたらしたりするエクスタシスを誘発するのに似ている。神話、悲劇、言説、幻覚《ファンタスマ》、夢は嘘に嘘を塗りかさねるばかりで、新生児がこの世に次々と生まれ落ちるのとおなじく途切れることがない。すべての魂――殺人者、哲学者、聖者、預言者、神の子、泥棒の魂さえも――は独自の殺人劇を企てつつ、独自の議論に手を加えつつ、独自の殉教のありかたをくりひろげつつ、記憶のすべてを呼び出す死者たちをすべて食する以前にイメージが魂に訪れた謎の次元でイメージの仕上げをしつつ、各々の妖精物語をもって苦境を切り抜け自分に立ち戻る。

*

註解二。宿主たる身体から抛り出されて、最初の叫びが出る。

自分で息を吐きながら言わんとするすべてはまずもって別れである。

こうして光のもとで習い覚える言語によって言いうるすべてはまず先立つ王国に対する別れという意味をもつことになる。音響に充ちてはいても言葉が話されることはなく、内部にむかい、身を屈める、ひそかな、光のない、孤独な王国への別れである。

クロノスは自分が生んだ子供たちをすぐに貪り喰う。光のもとに押し出された彼らの姿が目に入るやいなや貪り喰うのである。

光の投射によって可視世界のなかで個々に引き離される者たち、性差を得てたがいに向きあい、新たな再生産をくわだてる者たち、そのすべてを〈時〉の神は貪り喰うだろう。

そして太陽は消え去り、空間は自分自身を貪り喰うことになるだろう。おのれを貪り喰いながら、空間が自分の翼をひろげる時間を貪り喰い、大地を貪り喰い、獣と人間と夢と言葉の記憶を貪り喰うことになるだろう。

死そのものの記憶が夜の闇に没することになるだろう。人間の言葉すべてが、あたりを吹き抜ける天空の凪にむけて人間の言葉を送る息もまたそこに再び呑み込まれることになるだろう。

第十二章　アリアドネの糸

木の幹。岩山の稜線。ほかの捕食者たちの目が届かない死角。この片隅に足を折り曲げ、身を押しこめ、凭れかかり、弓なりになり、地面に伏し、あたりをじっと見つめる。虚空に、そして物陰に目を凝らすが、それもまた注視であるには変わりない。読むときでさえ注視がはたらいている。用心深さ、敵意、それはまさしく思考の奥底で身を屈めて獲物を狙う行為を言い当てるものだ。なおも身を屈め、さらにまた身を引き、殺生のために躍り出ることしか考えず、周囲のもののかたちに獲物の幻を見るほどに視線が興奮するのは、それだけ強く体内で飢えが疼いている証拠だ。

ギリシア語の「ヌース」（知性）が「ノオス」（嗅覚）に由来するのは、大気中の匂いを最初に嗅ぎ分ける行為が生じるのが、――過ぎゆく自分の過去に全速力でいざ身を投じようとするのに先立って――新たに外部空間に自分の体を隠し、自分の思考を隠し、自分の体をもっておこなおうとする行為を秘密のものとするための隠れた場所でのことだからである。

当然のことながら野生動物も狩猟民とおなじように、嗅覚《ノオス》、身を隠す片隅、嗅ぎ分ける匂いを凝縮する角っこ、襞、防御戦、洞窟、隠れ家などをもっていて、そうした場所から予想もせぬかたちで不意の攻撃が生じたりする。

アルクマン〔古代ギリシアの抒情合唱詩人〕が残した断片五五。誰に他者の考え《ノオス》がわかるのか。虎にそなわる考え《ノオス》、すなわち虎の意図、虎の居場所が。誰に鳥の思考がわかるのか。自分の巣の周囲に円を描く飛翔、奇妙な翼の腕を空にひろげて舞う猛禽類が独楽のようにくりひろげる飛翔が。嘴を、爪を、卵を、巣を高所に、天空に突き出る大地の険しい場所に隠れておりなされる思考が。自然のなかでけっして同じ道を通らない豹の動きの理路を見きわめることが誰にできるのか。突然動きをやめて肩の上に頸を突き出したまま、なおも頭をもたげてどこまでも歩哨を思わせる姿であたりを見まわすマングース、いわば勃起にも似た頭のはたらきはどのようなものなのか。ひとしく飢えにおそわれ苦しみ、ひとしく欲望が屈曲し弓なりになる獣たちの頭蓋骨の洞窟内部には何があるのか。人間の思考と競い合う野獣のそのような思考とはいかなるものなのか。このようにして耳をそばだてる知性《ノオス》、すなわち言語以前の世界に生じるほんのわずかな音の偏差に向けて両耳をそばだて照準をあわせるこの嗅ぎ分ける知性《ノオス》をどのように捉えればよいのか。

音の世界の波動に対して耳をそばだてる行為は、空気の流れ、そしてそこに漂う匂いを嗅いで鼻をひくひく動かす行為にひとしい。

紀元前八〇〇年、ホメロスの詩歌には二つの痕跡が残されている。『イーリアス』第十五歌五〇九節にホメロスはこう書いている。「われらとしては肉弾戦で腕と力とを敵と打っつけ合うのみ、それに勝る思案も策もない」〔松原千秋訳にしたがった〕(思考は対立する二者による肉弾戦である。欲望の対象に飛びかかる、すなわち一方的襲撃、性交、決闘などの場合に勝る思考はない)。時代は下って、トルコにおいて、ヘラクレイトスもまたホメロスのテクストをとりあげている。ただしホメロスのみが、さきほどの一節よりも少し前の箇所において――『イーリアス』(第十五歌八〇節)――この種の躍りかかる関係性に固有の時間性を詳らかにしている。天空のヘラもまた、みずからの呼吸のなかにあって夢想する地上の人間の思考《ノオス》と同じくらいに素早い。それこそが〈突然の神〉であり、思考の神霊《ダイモン》であるエクサイフネス独自の境地なのだ。この突然時のダイモンは時間を調整し直す神である。時制の一致ではなく、時間の短絡《ショート》にむかわせるのである。思考は考えながら、ともに考えながら、かつて思考が姿をあらわしたトラウマ的な場にふたたび自分がいると考える。それは現に作動中の象徴作用である。

　鹿と鹿が激しく角をぶつけ合い、取っ組み合いを演じ、身を躍らせ、一歩もあとに引かず、たがいに相手を突き刺し、そして角に突き刺され、秋の景色のなかに倒れる姿をマルティアリスは描き出している。鹿は二頭ともに霧の中で同時に絶命するのである。落ち葉と黒い羊歯のあいだから息を切らせ突如として姿をあらわす犬の群れ、そして槍を手にして跡を追いかけてきた猟師たちの思惑ははずれる。

　思考作用《ノエシス》はみずからの発生現場へと全速力で向かう。それは猛禽類のように一直線に飛びかかる。メタファーのように押し入る。メタファーのように飛び移って躍りかかる。おおよそ見当のついた獲物の姿が大きく浮かび上がる。そこにあるのは待ち伏せであり、獲物であり、静脈の激しい動きであり、なまめかしい交尾の突出した姿であり、戦の攻撃である。森のなかのかくれんぼであり、それと同時に驚異的な一撃をもってする捕獲がもたらす死でもある。この世に生まれ出る者の身体の背後に〈失われた母体〉があるように、思考の背後には〈黒い母〉が控えている。こんなふうにしてこの世に出現する生体の各々はみずからの痕跡そのものでもあるのだ。獣のほうでは足跡を残したつもりはなくとも、残された足跡をたどってゆけば獣にたどりつくようなものだ。〈失われた母体〉、それはセイレーンである。そこではまた古い鱗、古い羽毛、ソプラノの声による慰めの歌をつつみこむために広げられる大きな翼などが渾然と混じり合う。seirèn（セイレーン）というギリシア語にあってserは結ぶという意味である。セイレーンは母との絆を人格としてあらわしたものであり、結ばれた臍の緒の先にある布の包帯だ。

スキタイの人びとにあって《seira》なる語は「投げ縄《ラッソ》」に相当する。思考は不在の者たち、死者、痕跡、排泄物、残存物、印象、記憶の数々をたがいに結び合わせるあの奇妙な失われた声である。思考の作用とは、死者の名すべて、死者が発する言葉すべてを生者の顔と唇の上に移し替えるあの「情動」である。絆の結び直しは、すでに絆の存在を前提としているのだから、思考は結び合わせる女、セイレーン、豊饒の大いなる母、女たちすべての女神ヘラの存在を前提としている。なおも時を遡れば、分娩を司る女神、すべての動物に君臨する女神、山と森の女神、狩猟の女神アルテミス——アルテミス神殿にあって、ヘラの従者ヘラクレイトスはエペソスの王権授与を拒み、おのれの著書を奉納して山へと逃れ、鹿たちにまじって鹿となり、耳をそばだてる者たちにまじって耳をそばだてる者となり、犬に吠えられ、石を投げる子供らに追いかけられるのである。

＊

アリアドネ——人間と獣のあいだのあの一筋の羊毛の糸——は男に言う。

「おまえに道案内のための糸をあげよう」

そこでアリアドネはダイダロス王の迷宮に入ろうとするテーセウスの無事を祈って小さな糸玉を手わたす。

Dedi pro duce fila. おまえに道案内の糸を手わたした。

案内のために少しばかりの糸、臍の緒の残りを手わたした。

ギリシアの英雄がこの糸をどのように用いたのかを調べてみなければならない。人間の世界と野蛮な世界をつなぐ迷宮が「永遠に戻って来られない」たぐいのものだと感づいたテーセウスは、建築家ダイダロスの考案になる無限に錯綜する通路網の扉口に糸をむすぶ。というのもミノス王はクレタ島に逃れてきたダイダロスに「出口なし」の牢獄の建造を命じ、みずからの嫡子と認知せざるをえなかった半神半獣の怪物をそこに閉じ込めたのだった。テーセウスが入り込んだのは、人間の世界から動物の世界へと移行する数々の異なる階梯（系統発生）からなる迷宮であり、アリアドネの糸が途中で切れてしまわぬよう注意深くこれをたぐりよせながら奥へと進む。牡牛が横たわる小屋にたどりつくと、相手の様子をうかがい、飛びかかり、争って、これを殺す。事が終わってテーセウスはふたたび糸を糸玉に巻き取って、ゆっくり糸をたぐりよせ、「彼以前にはいかなる人間も再度たどりつくことができなかった扉口」へと戻るのである（個体発生）。

*

言葉をまだ話さぬ者がこれを習い覚える様子をみると、言語の習得は志向的ではないことがわかる。「意識」は母から乳児に、あるべきだと思われる姿で貸し与えられる。母は子にたえず話しかけることで子の理解を創造し、子にとっては未知の言語に、後戻りの余地なく徐々に子をひきずりこんでゆく。理解を意味するラテン語の cum-prehensio の cum とは、フランス語の comme に相当するものである。母が子に語りかけるにあたり、母は子をあたかも人間で「あるかのように」（comme）扱う。こうして直喩《メタフオラ》の comme は転移となるのである。

母が二人称の〈おまえ〉を定めるのは、言語の衣服を子にまとわせる遙か以前の話であり、それから五年から七年におよぶ時間をかけて子のうちに言語を築く。

この親しい二人称の関係は母から子に伸びる糸のようなものであり、その糸は、子から母へとむかうエゴ（十八カ月後）をおりなす。

しかしながら、根底にあるこの無＝意識という基底はけっしてそれ自身を意識することはない（これを禁じる言語が失われるならば別だが）。すでに死のまぎわにあるグラネではなく、死のまぎわにあるバンヴェニストなのだ。環境のなかで個体を保護する容器（皮膚、媒体《メディウム》、巣、書物）への回帰＝把握をなす純粋に嗅ぎ分ける感覚である。仮に哲学者の言うように、何ものかに向かう意識が対象を得て確実なものになるとすれば、いまだ確実なものにならない志向性以前、対象を欠いた段階を私は考えようとしているのである。志向以前、つまり目の前になく、エゴをもたず、同一性を知らず、扉口から牡牛のいる小屋へ、小屋から扉口へと歩を進め、待機し、突進する性的な段階ということだ。

厩肥から扉口へと向かう者。

死者を生者のもとに運ぶ者。

＊

手＝口＝まなざしからなる複合体はエロス化した探求の最初の三連画である。性愛の場合のように、手＝口＝まなざしの複合体は指＝唇＝目を探し求める。ともに掴もうとする。掴んで自分を忘れようとする。

Cum-prehensio（トモニ把握スル）。

考える者の身体は捕食者が獲物を捕獲する瞬間の身体である。目に見える獲物、掴まえられる獲物、貪り喰うことができる獲物がなくても変わりはない。

ただし考える者の身体は飛びかかりはしないし、貪り喰いはせず、何かを口にいれて顎をぴったり閉じたりはしない。そこにないものを夢でみるのと同じように、言葉はもはや自分が掴んでいないものをしめす。

＊

認識能力とは、予想した捕獲から遠ざかる「理解の感情」である。認識能力に必要なのはそれを予想することだけだ。手でいきなり相手に触れてしまえば捕獲は終わりになる。相手に近づくだけでじゅうぶんなのだ。それほどまでに絆は強力である。

ゼノンは手をひらき、思い切りひらいたせいでほとんど真っ白になった指を見せる。彼は弟子たちに「これが表象だ」と言うのだった。

彼はわずかに指をこわばらせる。「これが同意だ」

彼は拳をにぎる。「これが理解だ」

それから左手を前に出し、右手の拳を強く握りしめ、これに左手を合わせ、全体が指を丸めてできた一個の球体に見えるようにする。「これが学問研究だ」

さまざまな把握のあり方に応じて捕食にもさまざまなあり方がある。ともに＝掴まえる（comprendre）あり方を理解（comprendre）する必要がある。まず生ける者は自分の手が自由に使えるようにして、顔をまっすぐにもちあげるようになり、それから自然のなかに鋭い爪を突っ込み、対象物を掴むと、ひらいた指を閉じた。それから魂は言語のなかに指と対象物を見失ってしまった。われわれの身体がその痕跡である光景を忘却するように、たえず持続するものすべてが忘却される。それこそキケロが『アカデミカ』第一巻、第二部、第四七節に書き記していることにほかならない。

＊

これよりさらに単刀直入にオウィディウスは『変身物語』第八巻一三七で *filo relecto*（糸を手繰る）と書いている。

テーセウスはどんどん糸を手繰ってゆく《フィロ・レレクト》。**Relegere** とは、糸を巻き直す、結び直す、果てしなく読み直す、果てしなく語を先立つ現実に結び合わせる、果てしなくロゴスを自然《フュシス》へと投じるの意味である。葉叢を囓り、何度もそのなかへ顔を埋める。より古《いにしえ》の時間にさかのぼる起源の無音の深淵をけっして見失わずにいる。

再読によって糸が結び直される《フィロ・レレクト》。読書の糸にしたがって生きる。

私の生は、まったく何も理解せずにいながら、前に進もうと、たえず生まれ直そうと、理解しようと試みる。**Vita viva filo relecto.** 果てしない再読の糸にそって生き、さらにまた生きる私の生。

第十三章　アリアドネの死

テーセウスは糸玉を手にし、彼女には何も告げずに海辺を歩いていった。波打ち際を進むと、岸に波が触れ、まるで糸を引くように見えた。

彼は乗ってきた船にたどりついた。甲板に上った。両手で索具を掴んだ。いきなり縄を引いた。帆をかかげた。そして船出した。

そんなふうにして、何も言わず、後ろを振り返ることもなく、テーセウスは人を寄せつけぬ岩礁にしがみつくアリアドネをアザラシとスズキのもとに置き去りにする。彼女は空を見上げる。ハヤブサが上空を舞っている。グノーシスに向きあうディアー島〔ナクソス島の古名〕での出来事である。そこなる岩の上で、自分を置き去りにしたテーセウスの名を呼ぶ彼女の叫びがしだいにかすれがちになり、しだいに言葉も聞きとれなくなってゆき、置き去りにされたその場で死を迎えながら、涙声で愛する者の名を苦しく訴えるように口にするなか、その名はしだいに歌へと変わり、生ける者を名指すのをやめるのだが、彼女は悲嘆にくれて哀歌の抑揚を変じてそのトーンを強めるいっぽう、酒神《リベル》が彼女をその腕に抱きかかえ、天空へと運び去る。

第十四章　ブーメラン

思考を拘束し、魂の激しい動きを支配する徴について。われわれが属する種は、認知よりも思考を好む（ギリシア語で言えば、ノエシスがアグノリシスよりも優勢である）。というのも、われわれの出自となる（人）類、さらには（動物）界にあっては捕食が観想を完全に支配しているのである。

ホメロスは『イーリアス』第十章四六六にごく簡単にこう書いている。道とは、タマリスの折られた枝であると。

セマータとは、まずは道《オドス》に残された目印のことである。Zurück（後戻りを意味するドイツ語）。徴とは、迷える探索の過程で進路をみきわめるための合図である。ギリシア語で讃歌《オード》といえば、道であるような物語のことである。中国語のタオはものごとを告げるとともに告げない道のことである。往路と復路を区別するのが困難であるのと同じくらい、道と物語を見わけるのは困難であり、意味表現《シニフィアン》と意味内容《シニフィエ》を識別するのは困難である。ギリシア語だと目印のことをグノリスマータというが、これは後にシュンボラとなった。ラテン語ではこの識別記号はまずクレプンディアであり、後にシグナとなった。

*

注解。われわれは、ただ単に見るよりも狙いを定め様子を窺うのを好んだ種であるだけでなく、われわれとおなじく地表をさまよっていた他の生き物すべての欲望すべてを欲望する種なのである。われわれは滅びる危険に身をさらしてまでも、雑食を旨として何でも口にし、手当たり次第に樹木を燃やし、何が何でも生きのびようとし、あらゆるメタファーをもって転移を試みてきた。欲望しテストしたのだ。「テスト」なるものが意味する試練は、人間集団におなじ作業を課して、優れた者を選び出し、階層秩序をつくるものであり、テストの奥に横たわる「テスタ」なる語には、鋸で切断され、空洞にしたうえで骨の容器として用いられる頭蓋骨の意味がある（思考のための容器であるとともに、原初の酒類を入れるための容器であり、そこで観念と経験が組み合わされ、原料と酵素が混じり合う）。

強情《アンテテ》な頭《テート》。

能動的な破壊（われわれの口に運ばれる獲物の死）、もしくは受動的破壊（獲物が捕食者に変わるときにその歯牙にかかるわれわれの死）なくして何ものも観想《テオレイン》の対象とならず、上下の顎を動かし歯で食いちぎったあとの排泄物を除けば観想の対象はないとすれば、思惟作用《ノエシス》は完全に動詞ノエインに存立基盤があるということになる。私は血の匂いをかぐ。そのとき、頭皮、頭、頭蓋、枝角、骨、角、歯、毛皮、羽毛などが大元の徴となるのである。死者の番をする犬は、その嗅覚《ノオス》の力で帰還《ノストス》に棲みつく。犬たちは、驚くべき技能をもつ鼻をもって、人間には気がつかなくても帰ってきたことがわかるのだ。人びとは狼を先祖として猟犬の群れをなす。われわれは相手を飼い慣らしたと思いこんで得意になるが、われわれのほうこそ使用人なのだ。他者はわれわれ以前にわれわれ内部に詰め込まれている。われわれは食べる。

馬もまた巧みにノエシスをはたらかせることは、その比類なき敏捷さにあらわれている。馬は死者たちの世界から全速力で駆けてくる。馬は死者の世界では、もっと辛そうに、速歩になったり、速度を落としたりしながら、棺を乗せた車を引いて進む。馬のあとでは、亀と亀が住む島、鮭と鮭が棲息する源流、鳥と大陸から大陸へと移動する果てしない鳥の渡り、かつては海でしかなかった海を探して海から海へと移る大陸そのものの移動に言及しようとする気にはならない。〈存在〉のなかにある奇妙な回路、それは天体の周囲をめぐる惑星のなかに、そしてまた天空で爆発し燃え上がり、みずからの記憶を伝播することで天空を照らす星雲内の星辰のなかに、自分に先立つものとしてある。

*

黒っぽいアマツバメは自分が生まれた場所に舞い戻るだけではない。アマツバメは自分たちの洞窟に戻り、その洞窟内では、卵の殻が割れた巣に戻るのである。

*

パリントロポスなるギリシア語はまちがいなく元に戻るための道を意味する。文字通り戻ってくるのは、手で放り投げるブーメランと呼ばれる棒である。ヘラクレイトスにおける揺り戻し《エナンティオドロミア》、反転《パリントロポス》、オデュッセウスにおける改詠詩《パリノディア》のいずれも、人間の内実を明らかにする道である。パリントロポスは後ろを振り返って見るまなざしを意味する。ドイツ語の Zurück もこれに相当する。パリノディアは夏至と冬至の太陽の道を意味する。それは自然《フュシス》つまり天空の母が活動をおよぼす場に特有のノスタルジアである。それは前に戻ろうとする直線のまっすぐな動き、あるいは円環がみずから閉じようとする楕円的な動きである。それゆえにドイツ語の Rückblick（回顧）となる。それは起源へと、母たちの場へと、季節ごとの月の変貌へと逆流するものをありのままの姿で見ようとする欲求である。そのとき季節の循環は、それをみたす出来事を語ることとなる。というのも、誰かを心に思うのは、単純に言語に記憶を刻むことだからである。匂いの嗅ぎ分けが、生き物の存在をじかに感じてこれを待ち受けることであるようなものだ。気配を窺い、あらゆる方角に目を凝らすのが、意表を衝いていまにも目の前にあらわれるかもしれない姿形に意識を集中させるようなものだ。狙うとは、魂の絶対的な「待機状態」のことである。ギリシア語のノストス（回帰）にノオス（嗅ぎ分け）がすでに入り込んでいるのとおなじように、フランス語の gard が regard（まなざし）のなかに埋め込まれている。アルテミスは野生の森のなかの泉を「守り《ギャルド》」、その森のなかで母が双子アポロンを生む産褥の手伝いをした。そして双子は自分自身の双子の息子である。どの国の言語にあっても、語形成はすべてこのようにしておこなわれる。ヘラクレイトスはさらにこう書き記している。Palintropos harmoniè（反転する調和）――弓と竪琴に関係することだ。弓の糸にしても竪琴の弦にしても、これを引くたびに木の部分を強く引っ張り、木の部分はそのつどこれを受け止め、糸をぴんと張った状態にする。このように二つの方向にむかう二重の引きがあり、音の美しさが生まれるのだが、そこには、矢が獲物と一体化して死が明確になる以外の意味はない。

ニューロンは弓の糸を意味する。この糸はテーセウスが戻る際に手繰り寄せた糸にひとしい。

ニューロン・ネットワークは、閉ざされた頭蓋内部に軸索と樹状突起をはりめぐらせる。

ノエシス（思惟作用）とは、おのれの精神のなかに外部をとりこむ行為、内部から外部へ、外部から内部へと、かわるがわる往還を繰り返す行為に関係する。匂いを嗅ぐ、食べる、味わう、知る。

ノエマ（思惟内容）とは、精神の内部にあるものに関係する。つまり外部が内部に流れ込み、内部に溶け込むのだ。咀嚼する。知る。

ノストス（回帰）とは、出発地点へと向かうという意味での回帰のことだ。この能動的ノスタルジアは巣に戻る蜜蜂の回帰というよりも、天体の垂直下に見出される獲物の位置測定のダンスに近い。

＊

モンテーニュいわく、古代から文人が本を横領するありさまは、蜜蜂が野原に咲く花に群れるがごとし。

文字を読む以前の段階では、何世紀にもわたって、殺戮を逃れようとする獲物の跡を追う追跡があった。

われわれの身体が不在の相手の身体の痕跡であるのとおなじように、遺影がこの世にない者の身体をかたどるのとおなじように、名が姿のない者の身体をそこに呼び寄せるのとおなじように、痕跡がそこにはない身体を指し示すのとおなじように。

定理一。狩人はまずもって読む人間である。

定理二。そこから発して、痕跡はすでに文字にひとしいものになっている。ギリシア語で言うならば、ノエシス（思惟作用）とアナグノーシス（認知／読み）は、人間の風習と情念において差はあるとしても、たがいに結びついているということだ。思考と読みはたがいに結ばれている。両者は競い合う。知への意欲を意味する curiositas（cur とは、なぜと問いかける力、あらゆる存在と事物に向かってなぜと問いかける力能）は、たえずあの嗅ぎ分ける鼻のその先端をもって、嗅ぎわけるはたらきの安んじることのない探求の不安をもって導かれる。このようにして知への意欲は、永遠に満たされることのない欲求にかぎりなく身を投じる快楽に結びついているのである。

知への意欲《クリオジタス》は、快楽の絶頂を知った後も興奮からさめやらぬ欲望をもって、魂を燃え立たせる。

定理三。このようにして探求は贈与のなかでもとりわけ素晴らしいものといえる。

*

「精神は自分自身を瞑想の対象としていることを知らずにいる」とプロティノスが書くとき、その端的な意味合いは、ギリシア語のヌース（知性）のなかにあるノオス（嗅ぎ分け）の残余が自分自身のうちにノストス（回帰）を見出しているということにあるのではないか。彼は魂のなかで知性は何よりも読むのを好むと言わんとしているのではないか。頭のなかで、注意力は失われた歓びを再び掴まえようとする方向にはたらき、夜の幻覚のなかに、終わりなき欲望のなかに、それを掴まえ、あるいは少なくとも、その双子の兄弟のように起源の周辺にあって思春期まで満たされることなく続く刺激のなかでそれを掴まえると言わんとしているのではないか。読む人と考える人は〈眠り〉と〈死〉のように兄弟なのだろうか。むしろ思考は〈失われた母体〉そのものを観想しているのではないか。その源にたたずむ目に見えぬものを。動物たちの女主人を。エペソスの女神ディアーナを。「カトリック」派キリスト教徒の世界のなかで——彼らが古代ローマのストア派哲学者の「普遍的《カトロン》」な焔を受け継ごうとした際の神そのものを。夢の代用品は、とりわけ、姿がここにない愛の対象だというべきではないか。

　だがプロティノスはこうも言っている。この状態において、魂はもはや神を考えてすらいない。というのも、魂はもはや何も考えていないからだ。

それがまさに祈りというべきものである。祈りとは、まったく中身をもたない思考のはたらきなのである。すなわちノエマなきノエシスである。すなわち内的世界の黙せる道である（ギリシア語において黙せるとは神秘的ということだ）。相手のない呼びかけ。記号内容《シニフィエ》を欠いた記号表現《シニフィアン》。

プロティノスによれば、祈りをなすのは極限の思考である。

実際のところ、cur（なぜ）は、そこに、その往古のうちに、身をおいているのかもしれない。

*

荘子（荘子は河南省の森に暮らしていたシャーマンの名、ヘラクレイトスがトルコ海岸にあってエペソスにある狩猟の女神の神殿を見下ろす丘を登っていた頃のことだ）は次のように書き記している。思惟とは、世界を横断する旅であると。体がのけぞると、魂は飛び立ち、目に見える姿で往来が生じる。それが天の道《タオ》である。観想にあっても夢の場合とおなじだ。人間の思念においても、キノコの飛沫、あるいはまた蜂蜜、米、葡萄、トウモロコシでつくられる酒から生じる幻覚とおなじだ。シャーマンの回帰は一個の魔術的唄《カルメン》であり、頌歌であり、道《タオ》であり、軌道であり、自分の足跡を丹念になぞる声である。空間のなかに大地を位置づけるためにシャーマンを呼び出そうとするこの声、太鼓を叩いて生まれるこのリズムは、肉体のそばへと魂を引き寄せる。回帰は歌《オドス》となり、道《オドス》を告げる、より正確に言えば、道を しめすダンスとなったのである。蜜蜂のふるまいはそのようなものだ。それこそ起源にある蜜の道《タオ》である。動詞《neomai》にあって、戻ってくる蜜蜂はみずからの回帰を踊る。花々が失われたと嘆きはしない。風景をみわたし、しかるべき小枝の見当をつける。その位置を仲間の働き手に教えてやるのだ。ギリシア語に回帰するこのダンスは「テオレマ」（定理）と呼ばれる。

第十五章　観想的なるものと狩猟的なるもの

狩猟とは何か。狩猟とは飢えのことなのか、手足を縮め、爪を引っ込め、深く考え込み、息をひそめ、じっと我慢し、身をととのえ、捕獲の最大のチャンスを狙っていまにも飛びかかろうとする飢えのことなのか。縮めること、引っ込めること。ノエシスにまつわるすべての事柄は原初の狩猟のなかに含まれていた。飛びかかろうとする直前の死の思考の反射作用（réfléchir）は、隠れていた場所、草叢、死角をなす場から身をもって躍り出るとき、膝窩の屈伸（ré-fléchir）のなかにそっくりそのまま入っている。飢えがすべてに先立つなぜ（cura）であるのに対して、なぜと問う知的欲求（飢えなき飢え）は二次的であり、第二の時に属す。知的欲求は、四肢を前にさしのべ、空間のなかで姿が見えなくなった容器にむかって、諸感覚、目、記憶をさしのべる古き胎生動物としての中身を示す。魂が肉体に宿るのを待たずしてすでに肉体の全体が知的欲求となっている。欲望はその全体が抱き合う前のあの緊張をなしている。すでに肉体はすみずみまで祈りとなっている。一方で、空間内での捕食は、嗅ぎ分け、さまよい、襲いかかり、貪り喰われる相手を掴まえる。もう一方で、過去への退行——欲望、夢、言語、記憶——は以前の状態に戻ろうとし、好む対象へと立ち戻り、肉体の奥底に第一世界の充足を復元しようと願い、懐胎の性的充溢をよみがえらせようと望む。
派生的命題一。修辞学の文彩はすべて例外なく狩猟の計略から派生したものであり、その計略を散種しようとする。
派生的命題二。狩猟の計略のすべて、戦争の作戦計画すべて、修辞学文彩のすべて、要するに死の戦術全体は、どれも区別不可能である。

*

昔からフランス語では chercher（＝探す）という言い方がされてきた。ラテン語の circare は周囲に向かう、周囲をまわる、という意味である。猛禽類はそんな姿で宙に舞って「探す」のである。突然猛禽類は真下にひとつの点を探り当てるのだが、そこには獲物となるものがいる。猛禽類はこうして真っ直ぐ降下すると、体のうごきは真っ直ぐな線となって大気を真っ二つに切り裂く。そのとき鳥はほとんど垂直に落下する石になるといってよい。垂直に落下するものに。
英語の to search は古フランス語の chercher から、つまり惑星が恒星の周囲を回るように、あるいは小さな子供が母親の周りを回るように、円を描いてさまよい、環になってうろつくという意味から派生したものである。

*

夢もまた失われた対象を追いかける狩猟である。運動性が抑えられていても動きは感じられる。夢のシークエンスの並列《パラタクシア》的な文節は狩猟となっている。言語による物語もまた狩猟となっている。一個の文は狩猟となっている。ラテン語だと、どのナラティオ（物語・叙述）も離散的なアクタ（行為）を段階的なコンセクティオ（連続）に変化させ、ヴェナティオ（狩猟）として説明される。

五つの段階がある。飢え、獲物、死につづく捕食、摂取。

五つの段階。孤独な肉体を深くえぐる愛撫、孤独な肉体を屹立させる欲望、殺戮のなかに肉体がもちこむ試練、飽食の婚礼の宴のあとにつづく喪。筋書《プラン》の下に隠されている普遍的な図式《シェーマ》はおおよそこのようなものだ。すべての物語に共通する核心的な二つの機能がある。プロップ〔ウラジーミル・プロップは『昔話の形態学』で有名な文学理論家〕が主張する二通りの機能である。第一に、欠乏、使命の割り当て、使命の遂行、充足。第二に、充足、禁忌、侵犯、欠乏。この二種類の機能は、順序が逆になっているだけで実際はただひとつのものにすぎず、これについては改詠詩的な性質、そしてまた遡及的読みということを考えてみなければならない。物語（ギリシア語ではディエジェシス）が狩猟だと言われるとき、そこには、物語の各段階の連続は意味ではなくて罠のようなものだとする含みがある。普通名詞は形容詞を探し求める。勝利者には属辞が帰される。主辞は述辞を要求する。英雄がすでに一個の名をもつなら、これに加えて綽名があたえられることになる。アルケイデスは長じてヘラクレスになる。力（ギリシア語ではアルケ）は、暴力（強姦）の罰となり、女神ヘラが十の難業に分けてこれを次々と課し、その力を個別の項に分割して英雄の力を根絶やしにしようとするのだが、これが英雄を偉業の名誉（クレス）で覆う伝説を形成することになるのである。

＊

物語の結末で王女は救出される。王女は女となるのだ。全力をふりしぼり一計を案じて窮地から救ってくれた相手を王女は見つめる。彼女は相手の名を訊ねる。しかしながら、多くの場合、勇士は口を閉ざして、名を告げることはない。（熊のジャンは自分が熊だとは言わずにいる）。彼は答える。

「私は二人だ（私は二重の人間だ）」

シャーマンは、秘儀伝授をうける人間が分裂するように、読む人間が二つの世界を生きるように、二重の人間である。

遠くに行って戻ってきた者、それはまさに生き残る人間である。

征服者はつねに揺り戻し《エナンティオドロミア》、動物にとっては動物、人間にとっては人間であり、獲物が捕食者となるように獲物となった捕食者なのだ。

それが〈変身物語〉ということである。

プラトンは『パイドン』六六ａｃにおいて「現実的なるものの狩猟」について語っている。

プラトンは『プロタゴラス』三〇九ａおよび『饗宴』二一七ａにおいて「美の狩猟」について語っている。

アリストテレスは『政治学』第七章八節五において「幸福の狩猟」について語っている。

ニコラウス・クザーヌスは、モンテーニュが探究を定義するものとして「知の狩猟」について語るように学知の狩猟《ヴェナティオ・サピエンティアエ》について語っている。

＊

知への意欲は、獲物を狙う獣をさらに狙って待機する待ち伏せのなかに完璧に組み込まれている。この競争心こそが探求の核心をなしているのだ。観想の基底にあるのは揺り戻し《エナンティオドロミア》である。あなたに当てはまることは別の誰かにもあてはまり、別の誰かにあてはまることはあなたにも当てはまる。他者が何をもとめているかを知りたがる欲求は、生死にかかわるがゆえに、本源的な激しさをもつ。生死にかかわるとは、言い換えれば腹をすかし、貪欲であり、待ち焦がれ、興奮状態にあり、食い意地が張り、強い歓びを感じるということである。捕食者が獲物に変じたときにもたらされる死が、捕食者から食餌の対象を掠め取ったものに特有の罪悪感のもとになっている。この転換があらゆる種類の反省的思考の基礎になっている。その性質はつねに時間的である。何世紀もの長きにわたって、狩人が欲望につきうごかされ無慈悲な視線をもって何が生じるかを見張ってきたのは、腹をすかしていたからだ。人間の過去の過ぎゆく時間には人間的な要求などまったくなく、それはつねに動物的なのである。洞窟の壁面に確認できる獣たちの姿であり、獣たち自身の移動にあらわれる季節の交代、回帰する夏至と冬至——二回、あるいは四回、あるいは十二回——なのである。飢えないし欲望が、宙吊り状態にあって、現実をひそかに窺い、必然的にして飢えた状態で、飢えた状態にして回帰的なかたちで、対象を探し求め見つけ出そうとする。獣たちの過去をふたたび通り過ぎる過去。古代日本における生とは、本質的に、またみごとなまでにそのようなものであった。つまり過去をふたたび通り過ぎる過去ということだ。死に急ぐ姿は二様のあらわれかたをする。いわゆる観想の領野では、二度ほど、中央でまた遠くで、人間に死が迫る。内部の死（飢えで死ぬ）を通じて、外部の死によって（捕食者の飢え、もしくは腐肉をあさり、われわれを喰ってしまおうとする獣の飢え）。

第十六章　根源にあるノエシス的なるもの

五つの戦略が徐々に導き出されることになるが、そのもとにあるのは、執拗で、つねに威嚇的で、しばしば勝ち誇った姿をしめす捕食者の視線に金縛りになった相手、つまり人間にとっての獲物から発せられる魅惑であり、それは人間に先立って存在するものだ。

「待ち伏せ」は、そのような視線の届かぬところに身をひそめ、あの鋭い嗅覚に察知されぬようにして、勝手知った通路、狭路、貯水池のそば、断崖の下で、じっと動かずに待つことからなる。待ち伏せは孤独である。何の物音もしない。身を動かさずにいる。姿を見せないようにする。風景にとけこむ。待ち伏せにはカムフラージュが、そして変装が、仮面が、囮《おとり》がつきものだが、それを教えるのは獣のほうなのだ。植物は動物に先立ち、いちはやく囮をひときわ目立つようにさしだし、虫を騙して種子を運ばせ受粉させる点で、虫に先立って存在している。動物にあって、おそらく待ち伏せの達人とすべきものは、美の残酷な喉をさらす鮟鱇《アンコウ》であって、驚異的な口をひらいたまま、海底の暗がりにひそんでいる。

「追跡」は、獲物が駆ける跡を真似して追い詰めることを望んだ。時間と空間のなかに速度という形式をもって追跡が書き込む固有性は独奏だったり、二重奏だったり、三重奏だったり、四重奏だったりする。音楽＝ダンスの動きのような「組曲」の時間もそのような展開をする。追跡は死の跳躍によってもたらされる驚異的なダンスである。次第に速度をはやめる追跡劇の王者、それはライオン、虎、ジャガーである。

「獲物の狩り出し」は、集団をもってなされる攻撃的な捕食の最初のあり方である。ここに集団的追跡が始まる。集団的な狩猟は狼から人間に伝わったものであり、狼の叫びは人間の言語とうまく共鳴するので、うめき声が狼のうなり声に合わさるのである。このようにして狼の集団と人間の集団がむきあい、相手を手なずける家畜化が進んだ。集団的な狩猟は人間社会を創出する。この集合的な狩猟は人間社会を明確に階層化された二つのグループにわける。獣をパニック状態に陥れ、暴力をもって狩り立て、燻り出し、犬の鳴き声で攻め立て、大声をあげて威嚇し、太鼓を打ち鳴らし、凄まじい物音を立てて、相手を追い詰める者たち。じっと動かず、物音を立てず、地面に膝をつけ、槍を構えるか石を用意するかして待ちかまえる者、そしてまた逃げ場がないところ、洞窟の奥、断崖の下へと追い詰め、さもなくば逃げ口のない網をしかけ、これに追い込んで殺戮する者たち。狩猟民の社会は少なくとも第三者に抗して結束する二つの共同体によって構成されるのがつねである。この社会の秘密は敵を作りだすことにあり、この場合の敵とは、空間にあっても、地平線あるいは国の果ての境にあっても、絶えず非現実的なものでありつづける。獲物を狙う群れの偉大なる先達は東方からやって来た灰色狼であり、お伽噺のようにして人間化し、犬に変化するが、何とも驚くことに、人間以上に人間的なのである。《Homo lupus homini》とは、人間は飼い慣らされた犬であり、戦の猟犬の群れにあって、その叫び（言語）が諸民族の輪郭をえがくという意味である。

「罠猟」とは、しだいに洗練されていった捕食を意味する。技術文明への順応、技術による支えが進行し、運命を知らず、進歩的に、人工的に、累積的に、際限なきものになってゆく。罠のもとにあるのは、さまざまな獣の行動の模倣からなる技術である。括罠、小枝を敷き詰めた小径、囲い地、網、囮の鳥、鳥もち、電気ショック、毒など。完全に人工的な罠の登場以前には、より自然な罠が用いられた。動物の手足、ひづめ、鉤爪がのめりこんでしまう沼地、野生獣の群れ、家畜の群れ、猟犬の群れを包囲する隊列、こうした群れの進路をさえぎる待ち伏せ、馬がいななき、牛が鳴き声をあげながら群れとなって滑り落ちる切り立った岩壁、群れの動きを鈍重にする樹林帯、群れが身を屈めて閉じこもり、越冬して生きのび、壁面を引っ掻いたりする洞窟。技術は人間社会の終わりなき終着点なのである。

「接近」は純然たる攻撃であり、孤独で、英雄化をもたらすものである。接近を成り立たせるのは、場所、猟の獲物の行動、獣の肉体の具体的ありよう、死をもたらす解剖学上の急所などについての驚くべき知識である。接近は先史時代における人間の狩猟の典型的な姿だった。それは最古の社会における英雄形成のあり方を指し示している。一対一で熊に立ち向かい、これを倒すことで〈イヌイット〉は文字通りイヌイット、すなわち人間となる、つまり往古を相手とし、起源の古き人間（洞窟の熊）を相手とする死闘をくぐり抜け、相手の死をもって地位を手に入れ、熊の毛皮をもって聖別されるのである。自分の父を殺し、これを貪り喰った者が人と呼ばれる。接近は互角な相手との対峙であり、向きあう二体の動物には獰猛なチャンスが均等にあたえられる。この白兵戦は、少なくとも王政復古の時代までは存在した、古き日本のサムライの名誉をかけた果たし合いの源にあるものである。この種の闘いは、ルイ十三世の治世のもとでは、許されて貴族社会の一員になるための奇妙な儀式をなしており、これは少なくとも王の勅令をもって廃止されるまで続く。

＊

先史時代の人間社会によって生み出された五つの狩猟の戦略からは、五つの独立した認識が生まれた。この五つの認識の一つ目は環境を生みだし（現存在から存在を切り離した）、二つ目は同一物から他者を浮かび上がらせ（同じ種に属する敵を創出した）、三つ目は死と生殖を規定し（言語の命名作用にこれを加え入れた）、四つ目は第三項を敵視する社会連合の絆を強固にする（孤立と対立するかたちで国家の礎石をつくった）。

人間社会は、大がかりな系譜学的隊列として構造化され、その後は地理的な都市国家へと分割されるが、これもまた五種類の認識のひとつにすぎない。

注釈——社会は根源的な五つの認識の五番目のものをかたちづくるにすぎない。

*

プラトンは『プロタゴラス』三二二aで、最初のうち人間はあちこちらに分散して（スポラデス）暮らしていた、と書き記している。

*

狩猟民のうちにひそむ飢え、喉の渇き、欲望、狩猟民の孤独な追跡、思考する者のうちにある緊張《オレクシス》、純然たる知性となった探究、こうしたものは現実の捕食に先立つ幻覚的な捕食から逃れることができるのだろうか。けっしてありえない。このような幻覚的性格は夢から自由になりうるのだろうか。けっしてありえない。

このようにしてノエシスは決定的に嗅覚を通じて不在の相手にさしむけられる。その次に夢幻的なものを通じて不在の相手にさしむけられる。その次に言語的なるものを通じて不在の相手にさしむけられる。

匂いが肉に置き換わる。イメージが実際の姿に置き換わる（これに続いて文字は、非現実的な起源の線のうえに半回転して、ものの姿に置き換わる）。音が事物に置き換わる。

*

知的探究は、狩猟で手に入れたものを食する集団と別箇に成立しうるだろうか。その集団の構成員は交接を通じて再生産される子孫のうちに言語を再生産し、自分たちを選別する死者たち、その名を順々に引き継ぐ死者たちのあとを受けて子孫を宿す。ノエシスは意識になりうるだろうか。明晰になりうるのだろうか、修辞的、文意的、文学的なものになりうるだろうか。いつかある日、神話的なものと自身を分かつという幻想をはぐくむことができるのだろうか。それは共同者《ソシウス》（自己の基底に群れを再生産する）を主題とする物語から逃れられるのだろうか。宗教（自然への獣の解体）あるいは悲劇（歴史への英雄たちの解体）あるいは犯罪小説（都市への犯罪者の解体）を脱しうるのだろうか。おのれの源に群れとして彼らの真理を述べる哲学者流のおなじみの一人称複数を内破できるだろうか。集団の圧力に打ち勝って思弁的になりうるだろうか。

*

絆の関係をほどくことができるのだろうか。

*

探究が自分自身のはたらきを意識すると同時に自分には目的がないことを発見する。それはあてどない探求なのである。それはまぎれもない野蛮さだと言ってもよい。すなわち solus vagusque（放浪スル孤独者）である。フランス語の《sauvage》（＝野蛮）は二つの小さなラテン語の形容詞《solus》と《vagus》からなっている。ただひとり森をさまよう者を指す言葉である。森《サルトウス》や木陰を「ただひとりでさまよう」（《vague seul》）者は接近の主人公である。その者にあって群れは遠ざかる。その者にあって最初の王国はもっとも近いものとなる、あるいは少なくとも可能性としてはもっとも忘れがたいものとなるといってよい。その者にあって、隷従は本意によるものではない。それはまさに運命の、つまり金縛りの衝撃の対極にある。要するに隷従はときほぐす対象なのだ。時間、環境、空間、可能事のなかでの「孤独なさすらい」なのである。

*

ノエシスが意味の世界との関係、つまり神話的世界との関係においてアリアドネの糸をほどくとすれば、一個の修辞学になる。

それが集団の言語の獲得の際に、個体発生的な変容とのかかわりからアリアドネの糸をほどくとすれば、一個の分析論になる。

それがアリアドネの小さな糸玉の結び目をうまくほどいて、意味のあるものとのかかわりにおいて「つながりのない」もの、万物の基底になにもない場がありうるという認識に導かれるとすれば、一個の懐疑論になる。

最初の頃は本巻の表題を『本源的ノエシス』とする心づもりでいたが、それは二重世界の基礎となるものに魂をあたえなおすためだった。（魂の基底に限らず、基底そのものに魂をあたえなおすためである。）〈失われた母体〉との絆でしかない包摂関係の絆そのものに。〈失われた母体〉の空所への絆に。最終的に〈失われた母体〉へと導く古き緒に。「糸」に。みずからの思考のつながりの糸を、空所から空所へと探し求め、こうして突如として、さまよえる道行きのそれぞれの係留点にあって、真の意味での思弁的修辞学の可能性を展開しなければならない。そのとき『本源的ノエシス』が『思弁的修辞学』〔一九九五年刊の自作への言及〕の基礎をなすことになるだろう。そのとき、秘伝を伝授された者はすべての存在の母たる女神アディーティアの神殿へと導かれることになるだろう。

*

おそらくノエシス的な探求の根本は以下のようなものになるだろう。つまり敵の手にわたった心的現象の失われた領土の奪還という問題なのだ。言語以前に対して、そしてまたこれが仲介する人間の相互依存に対して、言語（獲得）以後を優位におくという問題なのである。定理。神話的思考の定義は単純である。神話が集団の礎をなす物語であるとすれば、この物語（伝達言語）の内部にある語り手とは、周辺を制圧する過程でしだいに見えてくる環境にむけて五つの狩猟の戦略を実行する集団のことなのだ。群れは主人でありつづけ、新たな時に対してほとんど同期せずともそのことに変わりない。

思考が、集団的な言語活動に依存する状態にあり、しかもそれが集団の祖先の言語において獲得されたものだとなると、果たして思考はそのような依存を根絶できるのだろうか。できはしない。いかなる集団といえども、言葉は話せるが、言語は「発明」できない。いかなる主体もそれがひきつぐ過去を生のかたちで体験しはしない。各人の心臓の振動は、その心臓によって引き起こされたものではない――母の心臓の脈拍によって引き起こされるのだ。言語はそれを話す集団によって自然に発明されはしない。奇妙なあり方だが、言語の本性はいかなる意味においても人工的でも技術的でもない。（言語は神的でも人間的でもなく、立法者なき状態にあり、反＝措定的である。）エティエンヌ・ド・ラ・ボエシ〔十六世紀フランスの裁判官で『自発的隷従論』の著者〕はみごとな理論的可能性を考え出したが、それはありえない。ひとは可能なかぎり自己を解放できるが、自由にはなりえない。思考が自然的言語のなかで獲得された集団的な言語活動に依存するとなると、言語が強固な絆でむすぶ集団に先立って存在するものへの依存を可能なかぎり考え抜くことが思考にできるだろうか。おそらく、少しばかりは可能だろう。思考のために死ぬということだってあるのだ。

*

だからこそ万物に先立って存在する空隙に思いを致さねばならない。死んでふたたび生まれることもありうる。（行き詰まることもありうる。）思考が死を引き寄せることもありうる。（思考は何らかの内容物を有する。）誕生はそのさまよえる奇妙な怖れのなかに追跡可能だ。（ふたたび生まれることがある。生をやりなおすことができる。）第一の世界は第二の世界に鼻面を突っ込むことがありうる。最初の王国は最後の王国をなおも支配している。往古がなおも浮上するのだ。太陽は光を放ちつづける。時のなかではより古いものが、形態にあってはより自然発生的なものに結びついている。注釈。まさにその点において自然は目に見えるもののなかで最良なものとなる。最初の可視性の背後でなおも自然の奔出はつづいている。最初の可視性は、なおも奇妙な回顧的なまなざしでありつづけている。ドイツ語でこれに該当するのは Rückblick という語である。ギリシア語では hypsi という語がこれにあたる。ラテン語では sublime となる。それは夜明けを前にした最高峰のことだ。

まるで最大のめまいと最大の峻厳さが絶壁にあるようにして。

火山の頂きの溢出する極点が大地の心臓に接する場に、火山の炎、鉄、溶岩、硫黄の匂い、光の鼓動があふれだす場にあるようにして。

まさにその場に、その唇の周囲に集まっていたのはトルコ、大いなるギリシア、シチリアの最初の自然《フュシス》哲学者たちであり、畏れずに身を投げ入れようとした者たちである。

その場に、その岸辺にあって、あらかじめ思考の対象となるのは、狩猟と狩猟からの帰還、住処、漁からの帰還、港など、夢想のうちに先触れがあったものであり、物語形式のなかに侵入するものであり、言語の嘘のなかに完成を見る、前＝歴史と戯れつづけるものなのだ。

数々の「ロマン」にあって、古《いにしえ》の捕食はイメージの集積の内部に再＝沈下する。

数々の「エッセイ」にあって、古の捕食は再利用されたコードから少しずつ浮上し、過去の体験、廃墟、美術館送りになった人間の作品、名所旧跡、妄想、心的外傷《トラウマ》、歴史以前の大洪水を超えてあふれだしてくる。

見捨てられたもののフィードバック、他処の再組織化、秩序攪乱のあとでの秩序化のいずれにも夢のはたらきに似たものがある。フィードバックは、引喩、局所的移動、自己同一性の転移、起源の野生状態との結合を多少なりとも可能にする再野生化の試みをもって二次的な歓びを準備するのである。ブーメランのうごきが意識の揺り戻し《エナンティオドロミア》を引き継ぐ。二次的な歓びの核心は、不能状態を解消する快楽にある。把握の障害となっていたものが全速力で糸を引くように消え去り、まるで奇跡が生じたかのように糸がほどかれ、突如として、かつて見たことのないような速やかな流動をもって溶け出してゆく。山の中腹にあって、激流が岩に水を叩きつけるようにして。世界のすべてが、文字言語のなかで、瞬時にばらばらに解体されてゆく。突如として組み合わせ《モザイク》が壊れてゆく。朝まだき、おのれの熱によって生じた霧におおわれていた白い天体が空高くのぼるにつれ、しだいにその霧も晴れ、古代ローマ帝国の風景——古エトルリアにあってラティウムと呼ばれたイタリア中部の青みがかった丘——が姿をあらわすように。それはバールーフ・デ・スピノザによれば第三種の認識、すなわち直感知に相当するものである。彼によれば、それは明瞭《クラリタス》にともなう歓び《ラエティティア》である。さまざまな形態、ただし形態といっても実際は謎でしかないものの集合の上に、外部の太陽よりもさらに古い内部の太陽というべきものが輝きはじる。ある種の主音、和声的調和が、人間のまなざしが自分の住処から視線のとどくぎりぎりのところまで、地平線にえがきだす最初の線《ラ・プリマ・リネア》の糸全体にわたって、鈴のような音をたてはじめる。戦の最前線のすべてにわたって。待ち伏せにあって目の前にひろがるパノラマ的眺望のすべてにわたって。抱擁の最中の動物としての身体の皮膚あるいは毛皮のすべてにわたって。それこそ歓喜《ジュビラティオ》であり、非＝忘却であり、真理の不＝覆蔵《ア＝レテイア》であり、福＝音であり、唇を焼き、飢えを鋭く意識させるよき知らせである。さらに知らせを聞き届けた者は、ほかの仲間と一緒におのれの肉体を熱く燃え上がらせる知らせをわかちあいたいと願う。あの夜明けが歌を呼び起こし、その歌が夜明けを呼び寄せ、何が何を呼び覚ますのかわからない状態に導かれるように、地平線の果てからさしこむ光、ひらかれる嘴、花びらをひらかせる花を、ということだ。思考のうちには、夜明けの交代劇にあって神秘的に勝利の声をひびかせるものに似た何かがある。新たな仮説が、領野すべてを再分配する最中なのである。ヘウレーカとは、アルキメデスが彼の発見をグループ全員とわかちあおうとした際に発した叫びであり、そのとき彼は風呂に入っていたが、自分が裸であることを忘れて、マルセルス将軍が率いるローマ軍が火を放ったシュラクサイ市街をかけまわったという。濡れた身体のまま、口を突いて出た言葉がヘウレーカだったのである。彼が発したこの叫びは不定過去《アオリスト》だった。事後の時間ということである。私は発見した。彼は死ぬ。彼の死がなんだというのか。燃えさかる世界がなんだというのか。裸になって全身灰まみれになり、八月の灼熱の光のもと廃墟となったヒロシマの港をいま匍匐する舞踏のダンサーがなんだというのか。不定過去《アオリスト》は、自己爆発の核としての現在をとりもどしたのであり、これに対してわれわれのほうは、つまりすべての人間、犬となった人間、カモメとなった人間、ツバメとなった人間は、衝撃点の周囲に、あるいは焼きつけられた影の周囲に、呻き声をあげ、あえぎながら、炎となって燃えさかる港のなかに逃げ込み、円を描いて、焼き尽くされる。

第十七章　ギリシアの危機について

なぜ哲学は西欧における神話的思考に由来する袋小路となったのか。なぜ神話的思考は世界の西の地域で、思いがけず華々しく、みずから脱神話化を遂げようとしたのだろうか。思いがけない瞬間は、紀元前五世紀、東方世界との境界に到来した。それはインドの裸行者とオリエントのソフィストが堂々と姿をあらわし、隊商から隊商へ、売り台から売り台へ、四つ辻から四つ辻へ、市から市へ、船から船へ、港から港へと古代世界をわたりあるくようになったときのことである。

最初の哲学といっても、それが始まりということではない。哲学はこれまで述べてきたような思考の野生の彷徨、つまりシャーマン的な起源をもち、バイカル湖に発して輝きを得て、ベーリング海峡を跨ぎ越し、新石器時代になってアジアとヨーロッパにおいて、しだいに形をなしていったものに対する反、作用だったのである。

哲学はまさしく反ソフィストになろうとした。

夢想の幻覚に起点をもつ言語の自由なはたらきに対して、仏教はこの幻覚の破裂（サンスクリット語ではニルヴァナ）をもって応じ、哲学は真理（ギリシア語ではアレテイア）をもって応じた。

ニルヴァナなる語は消滅を意味する。影を消し去ること。ア＝レテイアなる語は非＝忘却を意味する。正面の壁に投影された影の背後には、影を生み出す光があることを忘れないでいること。哲学は灯心を吹き消すのを拒んだ。中東の苦行に対して、古代ギリシア哲学は人間形成《パイデア》をもって応じ、都市国家《ポリス》の内部にその目標を定めた。愛＝智《フィロソフィア》はノエシスよりも青少年の教育を重んじ、覇権争いに躍起になる各々の自律的な都市国家の政治的確立に着手した。教育は人びとを制度化された知へと導き、議会の討議と相応じるかたちで、政治の魅惑、精神の指導、価値の階層化、法の規制、裁判官に対する畏怖心へと心的世界を駆り立てた。このような共同体的な統合は、教育がとりわけ歓びの種とするところなのである。教育の責務は臣下を完全に従わせることにある。それこそ所属の幸福というべきものなのだ。それが都市国家《ポリティア》なのである。

　ところで、このように包摂する力能は、さまよう思惟（懐疑論的な探求）の対極に位置するものであり、それは智慧が知識の対極にあるのと同様である。智慧と知識は水と油の関係にある。シャーマンは狩猟集団（未成年および成人からなる男性集団で全員が槍をもつ）からも家（女子供および老人たち）からも追われ、周辺へと追いやられてしまった。

　精神の狩猟者が離脱して孤独な生活を始めたのは、〈歴史〉以前の遠い昔、ギリシアの都市国家の成立よりもはるか以前、また遠く離れた場であり、名だたる物語を織りなす神話形成よりもずっと前のことである。新石器世界の最初の都市建設よりもはるか以前のことである。思惟はアテネ、ローマ、アレクサンドリア、ビザンティン、ボローニャ、パリ、オックスフォード、ベルリン、ウィーンが誕生する遙か以前に始まっている。石器時代になって、狩猟者を孤独な仕事に駆り立てる接近の動きのなかで思惟は始まった。隠遁生活をつかさどる動きが起源にある。この動きは仏陀自身に先立つものである。それは裸のシヴァ神、松の森のなかにあって局部を角で隠す勃起男性像に見出される。

*

社会と思惟は相容れない。

眩惑と透徹は目的を異にする。

智慧と知識は人間の魂において同じ事柄を意味しない。考えるひとは裏切る。その知的欲求のせいで集団のほかの構成員との連帯が失われる。そのひとの思考の中身として浮かび上がるのは、根本的に社会とは相容れないものである。つねにノエシスにノエマは予見不可能である。ノエシス的な活動にあっては«idem ipse rumpit»（同一物ハヒトリデニ崩壊スル）。ノエシス的活動にあって主体は不服従の運動となる。道を踏み外すことにつながる転置。熱狂状態にある転移であり、その激しさは輪廻転生の命題にたどりつくだけの力をもっている。ニューロンの塊にはあらかじめ定められた役割はなく、際限なく利用可能であり、ノエシスのトランスにはあらかじめ定められた役割はなく、無限のダンスとなる。

死ニ至ルマデ（usque ad mortem）都市国家《ポリス》を重んじる、それはむしろ哲学的な選択だったといってよい。

その殉教者がソクラテスだった。

教育を意味するギリシア語パイダゴーギアは、都市国家のある場所から別の場所へと主人の子供を連れてゆく奴隷の呼称だった。教育的とは、子供に付き添ってひとつのコード（言語的なもの）から別の規範（政治的なもの）へと導く奴隷の仕事である。

沈黙（silence）——言葉をもたない子供（en-fance）——はこうして、言語によって戦争へと送り出される。

＊

政治的主体（都市国家の市民）は、盲目的で反射的な文字表記のコード化と文法規則への服従のうちに再生産すべく運命づけられた言語をどれほど自由に扱いうるのか。

ノエシスの実践は、罪の意識、家族のまなざし、都市国家の視点、国家の嫉妬深い不信、道徳の警戒、教育、知、法への従属からどれほど自由になりうるのか。

新石器時代末期、東方に目を向けると、中国では荘子が国を捨て、宰相たる地位を嫌い、森へと向かう。トルコではヘラクレイトスがエペソスを離れ、王であることを望まず、山を登り、子供たちが投げる石にあたって死ぬ。

＊

現代ヨーロッパ社会において、いまだなお精神分析家が統合の運命を持続させるギリシアの哲学者にあたるものとなっていないとすれば、いかなる理由からなのか。いまだなお精神分析家が教育者になっていないとすれば、いかなる理由からなのか。ひとりの幼児をして、時間を遡り、言葉をもたぬ者《インファンス》へと導く者というわけではないのか。言語活動に言語の習得をふたたび娶せる者というわけではないのか。哲学は初源的な入信儀礼を忘れ去ったが、分析が想起《アナムネーシス》を超え出たところに導きいれたもの、つまり天空の、生の、自然の、夢の、欲望の、性愛の、夜の秘儀への誘いという点に、その理由がある。

道教の老シャーマンの姿がまたそこにあらわれる。あの奇妙な顔にこれが入り込んでくるのだ。あの奇妙な蝶ネクタイの背後で老シャーマンはおののいている。
　定理。精神分析の根本は胎生の夜からその大いなる秘密を奪い取ることにある。それは一八九九年のことだ〔フロイト『夢判断』初版の刊行年〕。精神分析が言語をその根源的条件へと再適応させたというべきかもしれない。精神分析は言語を言語に先立つ遊戯的作用、イメージの恣意性へと再び潜り込ませることに成功したというべきかもしれない。精神分析は動物的世界およびそのシークエンスにふたたび自発的な幻覚を導き入れたことを私は知った。精神分析は家族の靭帯を脱神話化する。精神分析は、焦点をなす、家族的で、都市的で、社会的で、国家的で、戦闘的な相互依存関係から政治的「主体」を解き放つ。

*

　ソフィストの弁論術、修辞学、精神分析、文学という文字の無音の書き込み（あらかじめ考え抜かれ、個体化された）などは、文学以前の大義、つまり野生の力《アルケ》を置き去りにはしない。野生の力は言語がこれに訴えるかぎり言語に宿っているといえる。
　修辞学とは逆に、哲学は霊媒を忘却する。哲学は内面の仕切壁から手をひっこめる。――文学的なるものの手が深く入り込み、その目が近づき、その魂が耳をすましたその場から手をひっこめるのだ。

*

　だが、新石器時代になってこの世界の東方諸国の幾つかの言語に革命をもたらした新たな書記法のもとに、旧石器時代の古きテクストがなおも透けて見える。八世紀末のことだが、アジアに隣接する地で、ギリシア人は古き物語を変身させてジャンルを作りかえた。ギリシア人は、神話を対話に作りかえた。ある種の対抗智《パラ＝ソフィ》が、愛 智《フィロ＝ソフィ》と呼ばれた。僭主制のあとに来るものは、ギリシア語ではデモ＝クラティア（民衆への権力の委譲）、ラテン語ではレス・プブリカ（全員のまなざしのもとにおかれた全員の所有物）と呼ばれた。弁証法と雄弁術がその核をなし、自由市民の議会（古代ギリシアの評議会、元老院）がその到達点となった。ただし、自由市民の「共同体的」意志がいかなるものであれ、智を愛するものたる哲学者は完全に賢者《ソフオス》と縁が切れたわけではなかった。哲学者はシャーマンの領域、つまり声をもち、旅する魔術師たちの領域のもとになおも身をおいていた。アテナイの人びとが二八一票という多数票をもってソクラテスを有罪としても、彼の思想を裁いたわけではなかった。有罪としたのは思想家があの神霊《ダイモン》への信仰を捨てようとしなかったからである。

第十八章　アレクサンドリアへと向かうアープレーイユス

その頃ティトゥス・アントニウスが帝位にあった。その頃アープレーイユスはアレクサンドリアへと向かい、オエア市街に入ったとたんに、ろばから落ちて、道の敷石の上に倒れた。踝を怪我した。立ち上がろうとしたが、激痛が走った。両足でもう一度立ちあがろうとしたが、またもや倒れ込んでしまった。三度目の試みをしたが、苦痛は変わらず、またしても倒れ込んだ。そこで〈踊り手〉アープレーイユスは、小石だらけの地面に座り込んだままでいた。二人の漁師がやってきて、道埃がまいあがるなか、足が自由にうごかせずに倒れてじっとしている彼の姿を見た。漁師たちは彼を抱え起こし、一番近い館の邸内に運び込んだ。この家はプデンティラの所有物だった。プデンティラは貴族の生まれ、寡婦にしてポンティアーヌスの母であり、プデンスよりもずっと若かった。彼女はこの雄弁な哲学者の足に鎮痛剤を混ぜた薬を塗って包帯を巻いた。彼女はアープレーイユスを邸内の一番よい部屋に住まわせた。この部屋には海に面したテラスがあった。彼はこの部屋が気に入り、そこにとどまった。二人は話し合った。二人は愛し合った。彼は本を書いた。こうしてプデンティラはアープレーイユスと結婚したのである。

いっぽうプデンティラの息子ポンティアーヌスは母の再婚に強く反対していた。

一五八年のこと、プデンティラの最初の夫の兄弟にあたるシキニウス・アエミリアーヌスは、植民地総督クラウディウス・マクシムスのアフリカ戦役への出征に乗じてアープレーイユスを告訴し、魔術を弄し、彼の甥シキニウス・プデンスを押しのけて不当に財産を奪ったと責めたのである。弁護人タンノニウスが告訴状を起草した。「哲学者」と呼ばれていても、じつは魔術師《マグス》であり、プデンティラの心と体に呪いをかけたのだと立証しようとしたのである。何人かの召使いも証言台に立ち、アープレーイユスが卑猥な小像《スダリオルム》を布きれに隠しもち、これを崇めていたと述べ立てた。さらに彼らはアープレーイユスが鏡に映る自分の姿を飽かずに眺め、鏡の像に向かって弁舌をふるっていたとも言った。召使いらはアープレーイユスが子供らに催眠術をかけ、正しい行いから逸れた道に誘い込んだと言った。

裁判は一五八年、サブラタでひらかれた。

アープレーイユスは自己弁護のために弁疏『アポロギア』を書いた。

クラウディウス・マクシムスはアープレーイユスを無罪とした。

アープレーイユスは「魔術師にあらず」とされたのである。

しかしながら、逮捕と裁判はアープレーイユスの人生を変えた。彼は哲学をやめて物語作家となった。彼は正真正銘の傑作『変形の物語』を書いたが、この本は今日では『黄金の驢馬』と呼ばれて親しまれている。梟に変身してオリーヴ林で暮らしたいと思った男が、驢馬になってしまい、バラ園を探し求めてアフリカの海岸をさまようというお話である。アープレーイユスはオエアを立ち去った。子供時代と青春時代を過ごした土地に戻りたいと思ったのである。彼は家を引き払った。プデンティラを連れてカルタゴへとむかった。古代ローマ初期におけるこの最初の魔術裁判、シキニウス・アエミリアーヌスが訴えを起こし、タンノニウスが訴状を書き、クラウディウス・マクシムスが裁きを下した一件は、西欧のファウスト伝説の起源となったのである。

第十九章　アテナイに死すソクラテス

　高利貸しをなりわいとし、おしゃべりで、はた迷惑な人間、容貌は醜く、妻に加えて三人の息子がいて、アロペケ区出身だった。両親はごく貧しかった。父は石工助手だった。母は産婆として生活を支えていた。若い頃、ソクラテスはソフィストたちの弁論に、そして彼らをむかえる栄誉や彼らが手にする富に心を奪われた。彼はポティダイア攻囲戦の際、エクスタシスを体験した。日の出から次の日の出まで、二十四時間にわたり、天体の方角にむかってじっと立ったままでいた。彼は弁論《ロゴス》に向きあい、これを真理《アレテイア》の日輪へと「向け直そう」と試みた。デルフォイのアポロン神殿にいたとき、神はこのような「転回」に身を献げるように彼に求めた。アテナイに戻った彼は、このような「ロゴス」との対峙という新たな方法を試みるようになった。ある面では、雑踏、店舗、ギムナジウム、公園、波止場、土手がそのための場となった。別の面では、魂が自分の肉体の内部に見出した神秘の声との「対話」がその場となったが、その神秘の声とは、自分自身との対話を可能にするものであり、習得言語が声となり、各人の心の奥に入り込んでひとりでに語る、各自の神にあたるものなのである。

　ソクラテスは相手かまわず問答を繰り返したあげく、多数の成年市民の反感を買うようになった。彼に魅了されたのはまだ若い人びとであり、彼の探求に随行し、その熱意は彼らに伝染した。彼は言論の根拠をことごとく問い直し、諺も、道徳的命令も、料理法も、自然学者の演繹法も、古代の人びととの慣習も、芸術家の格言も、父親の権威も、市民法も、詩人たちの神々も、すべてその対象となった。

アニュトスという名の富裕な皮鞣し商の息子がソクラテスに心酔するようになり、彼のあとを追いかけて、彼が市中で授ける教えをきわめて熱心に聞いて回った。アニュトスは根っからの民主政支持者だった。彼はピレウスを追放された人間だった。三十人政権を覆す運動に加わっていたのだ。アニュトスは悲劇詩人メレトスに会うことにした。二人は弁論家リュコンを仲間に引き入れた。詩人メレトスが最高執行官《アルコン》の文書課に訴状を提出し、オリュンポスの丘に市民が祀る神々を敬う心を欠いていただけでなく、ひそかな声というかたちをもって新たな神々を招き入れようと謀ったかどでソクラテスを告発した。新たな神々は、目には見えないが、未知の性格をもつ神霊《ダイモン》が間歇的に魂に入り込むことで生まれるものなのだ。

サブラタでアープレーイユスが魔術を弄したかどで告発された時点から五五七年の時をさかのぼる紀元前三九九年のアテナイにて、ソプロニコスの息子であるアロペケ区のソクラテスに対する不敬罪を旨とする重大な告訴がなされ、彼の死を呼び寄せる結果になった。ソクラテスはこのとき七十歳だった。

メレトスの訴状は伝統的な神々を示すためにテオスなる語を、違法の声（ダイモニア・カイナ、すなわち新たな悪霊）を名指すためにダイモンなる語を用いているが、アテナイ市民はソクラテスの神を後者に数え入れたのである。

裁判では、三十歳以上のアテナイ市民五〇二名が籤引きで選び出された。最初に悲劇詩人が、次に皮鞣し職人が、最後に弁論家が発言した。ソクラテスはひとことも発言しなかった、民主的なやり方で、明らかな過半数となる二八一票をもって死刑判決がくだされた。なぜソクラテスは自己弁護をおこなわなかったのだろうか。ヒッポニコスの息子ヘルモゲネスが弁明を準備する必要を説いたとき、ソクラテスはこれに対して、「弁明」を用意する考えは当然ないわけではなかったが、彼の「ダイモン」――アテナイ青年の魂のなかにこの新たな神を導き入れたとして彼は告発されたのだった――が何もするなと告げたのだと答えたのである。ソクラテスは法廷から牢獄へと連れ戻され、そこで毒をあおった。彼は盃をのみほし、仰向けになり、顔を布で覆い、アスクレピオス〔医学の神〕に鶏を一羽捧げるようクリトンに命じた。下腹から悪寒がのぼってきた。小さな痙攣が起きて、彼の神霊《ダイモン》は冥府《ハーデース》にむかって飛び立った。

第二十章　伝記と歴史

古代ギリシア語には「意識」に相当する言葉がなかった。さらにビオス（生）とグラフェイン（書記）という二つのギリシア語を結びつけた「伝記」に相当する言葉もまた古代ギリシアには存在しなかった。「伝記《ビオグラフィア》」なる形式が世にあらわれるのは五三〇年、プラトン派の大哲学者ダマスキオス・ディオドコスがコスロ王の宮廷にあって師イシドロスに捧げた著作においてのことであり、ソクラテスの死から数えて九二九年が経過していた。アカデミアを封鎖した獰猛なるキリスト教徒一派の迫害を蒙り、この大哲学者はアテナイを逃れペルシアに向かわざるをえなかったのである。

キリスト教徒が全世界を相手にくりひろげていた聖戦にあって、ペルシアが占めていたのは後のオランダに相当する位置だった。

紀元前五世紀にいきなりギリシア人をとらえたのは「伝記」ではなく「歴史」だった。彼らは過去に影響を及ぼすこの奇妙な探索《ヒストリア》に手を染めたのである。しかしながら自律的部分として姿をあらわす意識、「新たな神霊《ダイモン》」、人間の心性《プシュケー》は彼らをいたく当惑させたのだ。

ギリシアの「主体」とはどのようなものだったのか。都市国家におけるひとつの行動のあり方であり、私生活にあって人びとのまなざしを逃れるものは何もなく、生殖と子供に関しても同様である。両者は動物性と偶然の力に左右され、女たちの部屋《グナイケイオン》に押しこめられていたのである。攻め入ろうとして機を窺う異邦《バルバロス》の軍勢、もしくは勢力を削ごうと仇敵の都市国家を相手にくりひろげられる戦闘についての、できれば雄々しくあってほしい手柄話のひとつかふたつ、熟年におよんで僭主らに発せられた忘れがたき応答、そしてまたできればの話だが、みんなを前にして最後の息《プシュケー》を吐く瞬間に口に上った崇高な言葉。

いずれにしても流謫という隠棲者の内面（意識）ではなく、後悔、言語への引きこもり、無信仰から発する不安、死ぬまで続く流刑の延長などがきっかけになって、オウィディウスはあのように寂滅たる二巻の書物、二重に悲しく、メランコリックな晩年の作を、紀元元年の初頭、ドナウ川の岸辺で書くことになったのである。

帝政が始まる時期に書かれた『悲しみの歌』は、それでもアウグスティヌスが展開したような自己との対話の世界には踏み込んでいない。アウグスティヌスは、まことの才能、突然の驚異的な含蓄の深さをもって、『独白《ソリロキア》』や、さらに四世紀末には『告白』といった書を著したのである。

死に際して自分にとりつく神霊《ダイモン》（行為を押しとどめ、欲望を抑圧する内部の声）について語るくだんのギリシア人が「伝記」の対象とならなかったのは奇妙である。このギリシア人の範例は伝記という文学的ジャンルの創造に貢献することはなかったが、これが生まれていれば、歴史の誕生と深い関係をもっていたはずだ。

プラトンにしてもクセノフォンにしても、ソクラテスの生涯を書こうとしたわけではなく、人生という旅について言葉を費やしたり、彼の死に結びつく謎めいた神霊《ダイモン》の詳しい説明をしたり、いつ神霊の訪れがあったかを詳らかにしたりはしない。プラトンもクセノフォンも、公的活動および都市国家の日常に影響をおよぼした印象深い言葉を拾い集めるにとどまり、そこに弁護のためのフィクション二篇を付け加えたのだが、何度読んでも心から人を驚かせる性質をそなえているので、表題が『ソクラテスの弁明』および『ソクラテスの思い出』など看板に偽りあるものであっても、われわれの文化遺産となりえたのである。ソクラテスの〈弁明〉なるものが偽りだということは、紀元前三九九年にアテナイの法廷で彼がまさにこの種の弁護を退けている事実からも明らかだ。〈思い出〉なる誤った意味になったのは、なおさら筋が通らない。クセノフォンの本の元々の題名アポムネモネウマータがいかなる理由で「思い出《メモラブル》」と訳され、そしてまたエピクテトスの場合には「対　話《アントルティヤン》」と訳されたのか私には理解できない。いずれの場合も、アポムネモネウマータは「記憶《スヴニール》」を意味する。

ローマ人はより素直にアポムネモネウマータのラテン語訳としてコメンタリイ（註解）という語を採用している。

クセノフォンにしてもプラトンにしても、市井における活動を長いあいだ追いかけてきた相手の生涯を語ろうなどとは夢にも思わなかった。数の上では桁外れに多いアテナイ奴隷を支配する自由市民の多くは、二八一票をもって死刑に処す決定をくだした相手の人物が、それ以前にどのような運命に出会ったのかをあえて知ろうとはしなかったのである（これに反対する二二一票を投じたのは、ソクラテスがみずからの神霊《ダイモン》を同伴者として都市国家――むしろ大きな村落というべきだろうが――の市街にあって、オリーヴの木々に覆われ、たくさんの梟が棲みつく堂々たる丘に守られて、独自の探求を続けて暮らすのがよいとした人びとだった。

クセノフォンとプラトンはソクラテスが着手した奇妙な探求を継承しようと思い立ち、この二人の著作を通じて、殉教者の亡霊は、個人の死の彼方で、守護と案内の双方をかねた役割を果たすことになった。

プラトンが前人未踏の領域に足を踏み入れるにあたって、ソクラテスはプラトンの守護天使となり、彼自身が商人の店で、職人の仕事場で、ピレウスの港で、イリソスの岸辺で試した未知なる探索の行方を見守ったのだ。

こうしてソクラテスは、プラトンなる異名をもつアリストクレスが「フィロソフィア」と呼ぶことに定めた旅を支配する偉大なる神霊《ダイモン》となり、プラトンはその独特な苦行を先鋭化させたのである。

＊

古代ローマの人びとは、女たちの部屋《グナイケイオン》なる制度を知らなかったし、また彼らの宗教の典礼儀式はより簡素で、その神々は何よりもまず祖先であり、そしてまたキリスト教徒があらわれる以前のギリシア人のやり方とは異なり、蠟をもって祖先の顔をかたどり、独自の顔立ちをそなえたものを住居内の小さな個人用の戸棚に安置していたわけであり、個人の生活に結びついた事実の表象の可能性をとことん究めようとしていたことがわかる。こうして胸像、絵画、骨董品コレクション、註解《コメンタリイ》と化した思い出《アポムネモネウマータ》、文脈から切り離された逸話、淫らで性的な奇癖に関する噂話の一覧などが残されることになったのだ。噂話《ラゴ》とは、ゴミをあさる猪《ラゴ》のことでもある。ローマでは伝記は小説と同様に風刺《サチユラエ》の慣習から派生したが、この風刺なるものは「ルディブリウム」（笑いぐさ）と呼ばれ、葬儀につきものの風刺的雑録《ポプリ》に縁があった。伝記は西欧的起源にさかのぼってみると、生者あるいは英雄たちの陸海双方にわたる旅の年代記に類するものではまったくなかった。古代ローマにあって、伝記と縁が深かったのは、喪入りにあたって遺骸の特徴を蜜蝋に転写することからなる実物模写だった。それは祖先の像《イマーゴ》であり、疣など見慣れた、あるいは不様な、あるいは汚い顔の特徴があり、触ってみてもよいのだが、笑いの種になるようなものがそこにあった。イエスの死にしても、さきほど述べた笑いぐさ《ルデイブリウム》の一例である。イエスの名誉のためというよりも、額を傷つけ血塗れにしてしまう矛盾だらけの茨の冠、鞭の革帯で打たれ緋色の長衣に見える姿、君臨とは無縁の王権の滑稽な王杖など。

＊

アープレーイユスは霊的才能の持ち主だった。より正確には、守り神《ゲニウス》の霊というべき存在である。あまりにも卑猥で人間中心的な世界観からひどくかけ離れたジャンルにあって、誰もが知る四大小説の一冊を書いたのがこのひとなのだ。アープレーイユスが生涯を通じて夢中になった知への意欲は、すでに中世的、百科全書的といってもよいものだった。彼の目には不可能な事柄など何もないし、望めば何でも可能になると彼は言っていた。ラテン語にすれば、Ego nihil impossibile arbitror（我信ズルニ不可能ハ何モナシ）となる。アープレーイユスの『変形の物語』十一巻の各々は、欲望に駆られ動物に姿を変じた男が人間に戻ろうとする話を主題としている。

ギリシア語で言えば、誰もが獣の《テリオモルフォーシス》姿に変身、そのあとは人間の《アントロモルフォーシス》姿にもどろうと際限なく試みるのだが、なかなかそうはならない。

そこには二つの世界があり、両者にはいかなる通路もない。女と男の体験の二つの王国なのである。一方の世界からもう一方の世界への移動の試みは、われわれの生の課題または妄想といえるものだ。

アープレーイユスの小説の核心部にはプシュケーとエロスの物語が組み込まれている。プシュケーは「姿の見えない声」を聞く。それからプシュケーは油を入れた燭台を近づけて自分の心を奪った獣の肉体、自分自身の欲望がうみだした奇怪な怪物の不意を打とうとする。魂《プシュケー》は、明かりをおのれの暗闇にひきよせ、熱した油の滴がダイモンの裸の肩にしたたりおちる。その滴はかたちを変えて翼になる。エロスなるダイモンは鳥になってすぐに部屋の窓にむきあう一本の糸杉の枝にとまる。その部屋でこれまで魂《プシュケー》はいったい何度眠ったことだろう。

自分自身の初源にある勃起せる性器を誰が目撃しうるのか。

ふたたび獣に変身し、おのれに先立つはるか以前の時へと光をさしむける試練にたじろがずにいる男女とはどのようなものなのか。

*

『変形の物語』または『黄金の驢馬』に先立ち、アープレーイユスは『ソクラテスの神霊について』と題された一篇の演説を書いている。まずサブラタで、その後はカルタゴで読み上げられたものであるが、そこまでの道中はロバまたは雌ラバにまたがり、テュニス湖岸を通ってゆくのが普段のやり方だった。ソクラテス独自の「神」について残された唯一の証言とすべきものであり間違いなく貴重な文書であり、アープレーイユスの言葉遣いがひとを驚かせる体のものであってもその点に変わりはない。

その言葉がどこに向かうのかは定かではない。

ギリシアの人びとの目にも、ローマの人びとの目にも、魂をもつ存在は対立する二つの階層に分かれ、一方には不死の神々がおり、もう一方には死すべき者たちがいるように見えていた。この二種類の魂あるもの《アニマリア》の世界を分け隔てる深淵は越境不可能なものだった。この深淵は、実際のところ、死そのものなのである。そのひろがりは天空のひろがりに匹敵するものだった。ギリシア人の言葉では Theos anthrôpô ou mignutai であり、これは死スベキ者ト不死ナル者ハ混ジリ合ツテイルということだ。ローマ人の言葉では Nullus deus miscetur hominibus であり、これはイカナル神モ人間世界ニ降リタチ彼ラノ境遇ニ身ヲオキハシナイということだ。情から非情への、堕落から穢れなき状態への、死の定めから不死への通路はどこにもない。昼間に姿をあらわす神（太陽、閃光）、夜になると姿をあらわす神（月、星々）、姿が見えぬ神（オリュンポスの神々であり、この世の住民にはこの世に借りた姿のもとにあらわれる）が、吟唱詩人の時代から、さらには神話物語の作者の時代から、徐々に遠ざかり、たえず星から星へと中空をさまようのだった。事物がそれをさししめす言葉の陰に消えてゆくように、神々は星々がきらめく霊的な天空にあって手を取り合いながら、自分たちをかたどる星辰のなかに姿を消していった。まさにキリスト教世界の源流にあって、ローマのストア派哲学者たちの目には、神々が人間という種族との接触をことごとく失い、人間が神々にささげる生け贄をしだいに抽象的なものへと変えていったと見えたのだ。

　やはりエピクロス派哲学者たちもこの二つの世界の離反に貢献したわけであり、その結果、両者は相手を受け入れられなくなったのだ。

　こんなふうにして、神々は希薄な大気のなかにこもるようになったわけだが、それはティベリウス帝がカプリ島の荒々しい自然のなかにひきこもった話に似ている。

　まったく新たな種類の――そして反論の余地のない――全能と――そして敵対勢力なしの――世界支配が皇帝の手にゆだねられ、空間の平定に、新種の臣下のおもねりに、神格化に、天空の星々《シドウス》へとその身をさしだすのである。

　アープレーイユスは虹の懸け橋を再建しようと望んだ。山の頂から霧へとかかるシャーマンの橋である。霧から雲へと。雲から星辰へと。マダウロスのアープレーイユスは『ソクラテスの神霊について』で次のように述べる。混ざり合わぬもののあいだに、ときには思いがけない出会いがあり、思いがけない接触すらある。人間が地上に送り込まれたのは、奈落《タルタロス》へと落とされるためではない。天空には神々の不滅の身体が住まい、大地にはなおも生きる男女の血塗れの身体が宿り、あいだには大気のひろがりがある。天空に神的な魂の持ち主、大地に死せる運命の魂の持ち主が住まうのと同じように、大気にもまた独自の住人がいる。鳥たちが本当の意味での大気の住人というわけではないのは、地面の上で眠り、そこに住処をもうけるからであり、山々の高い頂きを超えて飛ぶ力をもたないからである。このようにしてギリシアの神霊《ダイモン》、ローマの守り神《ゲニウス》は、死すべき存在と不滅なる者のあいだの中間地帯、山と空の中間地帯に棲息するなかば心的な、鳥たちの仲間といってもよい魂《アニマ》の世界へと姿を変えたのであり、それは両者をへだてる部分を占めるような求めに応じてのことなのだ。

アープレーイユスは、守り神《ゲニウス》の力を借りて、ローマの魂のなかで、意識を神霊《ダイモン》へと結びつけた。アープレーイユスは幻術を弄する廉で訴えられた最後の小説家である。最後の魔術師《マグス》である。この意味において、『アポロギア』十七の三および『フロリダ』十の三に見出される弁論の根拠は『ソクラテスの神霊《ダイモン》について』と共通している。自分独自の神霊《ダイモン》を裏切らぬために毒人参の小さな根を食べて独房で死ぬ人間の思い出、そして『変形の物語』にあって動物界と人間界あいだを風のままに騎行する冒険譚、そこに認められるのは先史時代のシャーマニズムの残存の二つの形態である。

ダイモンは人間と神のあいだにあって、大気という中間地帯に棲息しているのだから超鳥類と呼んでしかるべきものであって、ちゃんとした翼があたえられている。エトルスク時代、ローマ時代、アレクサンドリア時代の壁画にあって、主だったダイモンの二例となるクピドとソムヌスは巨大な翼、それも前者の場合は欲望をあらわす白と黄色の翼、後者の場合は眠りをあらわす黒と青の翼を有するものとして描かれるのがつねである。大地と天空のあいだにある「半ばの道」とは何か。それは大気と天空のあいだの境界を告げる蒼ざめた月である。月は天空を守護する天使である。月を守り神《ゲニウス》のなかの守り神《ゲニウス》だとすべきゆえんは、女性ならば誰もが流す血、それがあるかないかで視線のとどかぬ腹部の奥深いくらがりに子を授かったかどうかがわかる月経の血を支配する女主人であるからだ。月はダイモンの最後の者であるとともに、最初の神でもある。この意味において月が神であるというのは、われわれが夜空を見上げるとき、その姿の変化に応じて時が刻まれるからである。ダイモンはほぼ透明であるといってよくて、月へと飛び立ち、感極まって呻き声をあげ、月の周囲をかけめぐる。本物の神々の星辰、生ける男女は、ヘカテーの仲間になることはけっしてできない。ダイモンだけが、ヘカテー、ハーデース（ギリシア語で逐語訳すれば「不可視なるもの」の起源）の女王に接近しうるのである。月という天体の周囲を透明な鵜のようにして回転しながら、プシュケーは月と地球にはさまれる大気圏でしだいに自己浄化をとげる。トランスによってひきおこされる往還運動のなかで身をよじって地面に倒れるシャーマンのようにして、大気《エーテル》と大地のあいだで、プシュケーと交信状態に入る男女がいる。

アープレーイユスの『ソクラテスの神霊《ダイモン》について』には、ソクラテスが彼の神霊《ダイモン》を見たのは、アキレスがミネルヴァを見たのとまったく同じ話だとする箇所があるが、それはこんなふうに理解できる。

プラトンも、クセノフォンも、アリストクセノスも、ソクラテスがポティダイアにあって太陽に向いて立ちつづけたときに長いこと忘我状態に陥ったと語っているのはたしかだが、声が聞こえる妄想のはるか先のところで、あの透視能力をさずかったとまでは言っていない。

ジャンヌ・ダルクにしても、ヴォークルールへと通じるドンレミーの野にあって、彼女に語りかけた「声」を自分の目でしかと「見た」とは言っていないのだ。

マクシマス・ティリアス〔ギリシアの修辞家・哲学者〕はこのことに関してギリシア語で著した『論文集』で詳しく説明している。神霊《ダイモン》は肉体《ソーマ》をもたぬプシュケーであり、天上的であるわけだが、同時にパトス的でもあるとしているのである（肉体をもたずに大気中を飛び交うが、いったん人間たちの世界に降り立つと、この魂は情動《アフェクト》と情念《パッシオン》を持ち始める）。

プラトンは『法律』において次のようにギリシア語で書いている。牛が牛の群れを見張るわけではなく、山羊が山羊の群れを見張るわけではないのと同じで、過度に心が揺れ動く人間たち、つまりメランコリー症の人間たちの番人となるのは神霊《ダイモン》なのだ。というのも、死がもたらす恐怖は人間特有のものであり、夢がよびさます欲望の情動《アフェクト》もまた人間特有のものなのである。ただ神のみが、ものごとに動じぬ歓びを知っている。

このようにして古代ギリシア人の神霊、古代ローマ人の守り神《ゲニウス》は、高所と低所のあいだ、不滅の者たちと死者たちのあいだにあってギリシア語およびラテン語で中間的存在を意味するメタクス、メディエタス、すなわち往還を可能にするのである。

交換の神々であるダイモンは神々の賜物をまもる神々でもある。眠りは最大限の変身である（肉体が幻覚の革袋に投げ込まれるとそんなふうになる）。古代ギリシア人の場合だとファロスの膨張、古代ローマ人の場合だとファスキヌスの勃起に見られるのは、最大のパトスにつらぬかれた欲望の変身である。姿の反映もまた別種の不安をさそいだす変身である（夢の亡霊でも、性的幻覚でもなく、ナルキッソスが対峙する鏡像的な分身）。プラトンのギリシア語にあって、番人はフィラクス（守護者）なる語をもって表現される。ラテン語ではフィラクスがクストデスあるいはテステスに変わるが、これは証人を意味する語である。証人はつねに二人だ。この二人の証人《テステス》（témoins）は勃起せるファスキヌスの下方に（あるいは生殖のいとなみが果てれば急に萎えるペニスの上方に）君臨するゲニウスの生殖力をなす二個の睾丸に関係する。このようにして古代ローマはソクラテスの「ダイモン」を作りかえ、みずからの「ゲニウス」とした。ゲニウスはみずからキリスト教徒の守護「天使」の番人となり、そして生殖の保護を請け負ったのである。

第二十一章

徐々にではあるが、考える人間の思惟の現場に私は近づいてゆく。アープレーイユスはダイモンをラテン語に訳す際にゲニウスという語をあてている。まさにソクラテスとアープレーイユスは八世紀におよぶ時間的へだたりをもって同一の事柄を語り、両者ともに、裁判を経て、思念の対象となるその事柄が招く死の危険に身をさらしながらも、それでも同一の事柄を語っているわけではない。

紀元前三九九年、七十歳のソクラテスはダイモンという語をもって何を考えていたのかをみずから明らかにしている。その説明は、プラトンの『ソクラテスの弁明』第三一節に見出される。「私に馴染みのあの神霊の予言は、前にはいつもずっと途切れることなく、もし私がなにか正しくないことを行おうとしたら、どんな小さなことにも反対していた（apotrépei）のです」〔納富信留訳にしたがった〕

それはあるひとつの思念を誘い出す内部の声である。制止が、ある企てから身を引き離すよう、ある欲望を抑えるよう、ある願いを押しとどめるようにうながす。行為を諫止するため内部で囁く声がある。

プラトンはダイモンについて、これとは別に、プシュケーを「謎めいた」沈黙のなかにおく説明をしているが、矛盾があるわけではない。ギリシア語ではダイモンは語ることなく宙吊りにするセメイオン

（徴）のなかに姿をあらわすのである。ダイモンは否定あるいは修正というかたちをとって、心のなかでかたちづくられるものをただちに消し去る。ダイモンは「ストップ」という奇妙なサインに宿り、魂を茫然とさせる。

＊

ゲニウス、それは古代ローマの人びとの生殖の神である。帝国をになう身体を次々と生み出す神なのだ。古代ローマの人びとはゲニウスの庇護のもとに暮らし、この神には生け贄として、生殖器を、つまりこの世でもっとも美しい生殖器である花々を捧げたのである。ゲニウスは生み出す（gignit）ものである。ローマの人びといわく、「誰にもゲニウスがいる、というのも私は私自身のゲニウスから生まれたのだ」（Genius meus nominatur quia me genuit.）。この筆頭守護天使は性をつかさどる呪師たる天使なのである。ゲニウスは父たちの「生殖器《ゲニタリア》」を護る神である。同じように、古代ローマの人びとは夫婦が寝る二人用の寝台を「レクトゥス・ゲニアリス」と呼んだ。古代ローマの人びとがゲニウスの寝台と呼んだものを今日のイタリア人は夫婦《マトリモニアル》の寝台と呼んでいる。硬くなった男根の神をファスキヌスというのは、より正確にいえば、まさに彫像たるその姿によって、男性器を性的不能あるいは弛緩から護る神だということだ。守護神たるファスキヌム（男性器の身代わりとなって性的不能から護る）。ソクラテスの徴《セメイオン》と同じく、ファロスを象った、あるいはこれを模した徴（ラテン語ではファスキヌムという）とは、護符《アポトレペイ》に相当するものである。それは何も命じない。それもまた抑止としてはたらくのである。それは沈黙せる大理石、ブロンズ、皮革、象牙の上にほかの男たちの欲望を移し替える（アポトレペイ）。それは本物の男根が不如意に見舞われないように請け負うのである。それは再生産する主体の変貌（交代）を保護する。というのも家族、都市国家、帝国の再生産にあたって、ファスキヌスはいずれの場合もただひたすら屹立した状態で、これをめざすからである。

*

天空にある深淵が不老不死の者と死ぬ運命を免れえぬ者を決定的にわけへだてるように、個々の存在にも、またぎこすのが不可能な深淵（自分自身と発生現場をわけへだてるもの）がある。

自分自身が生まれ出る光景や、それに先立つ勃起や交合が求める体位を目撃することは誰にもできない。ラテン語だと、未知のイマーゴが分割不可能な個体の戸口を固める守衛のごとくに立ち尽くしている。このようにファスキヌスの光景とゲニウスの光景は識別不可能なのだ。人間は自力で生まれはしない。ポンペイの廃墟から麦畑と葡萄畑のあいだを抜け出て数キロ離れた場所にある秘儀荘では、イラクサを編んだ籠のなかにファスキヌムがおかれ、暗い色の布がこれを覆っている（アープレーイユスに対する告訴がなされた際の麻の布きれ《スダリウム》に覆われた証拠物件のように）。

この隠れたる神は最初のダイモンである。

別な表現を用いれば、ダイモンを生み出すもの、すなわちゲニウスはエロスの卑俗な名である。それはファスキヌスを屹立させる二個の「球体《テステス》」に関係している。この球体は〈死者の霊《マネス》〉である。ウェルギリウスは『アエネーイス』第六歌で、ラテン語の原文では Quisque suos parimur Manes と書いている。すなわち、誰もが〈死者の霊〉の支配下にあるという意味だ。古代ローマの〈死者の霊〉はわれわれを産み落とす二体の「精霊《ジェニー》」であり、そのふるまいは好意的なのか敵対的なのか、力へと向かうのか無力へと向かうのか、昂進するのか抑圧するのか、力動的なのか自閉的なのか、選択が分かれるところだ。

一世紀末にユダヤ人哲学者フィロンは以下のように書く。In cunctas animas in ipsa nativitate advenientes ingrediuntur duae simul virtutes, salutifera et damnifica. すなわち、すべての魂にあって、生まれ出る瞬間に、一方は救済を、もう一方は害悪をもたらす二様の力《ウィルトゥス》が同時に入り込むということだ。

ゲニウスはギリシア語ダイモンの翻訳だが、ウィルトゥスはギリシア語デュナミスの翻訳である。ウィルトゥスは古代ローマの言葉ではつねに猛々しく男性的な性的能力を意味する。ギリシアにおけるエウダイモニア、すなわちよきダイモンはローマではインフラツィオになった。それはアウクトリタス、すなわち力を強めるものの意味である。「力を強めるもの」とは文字通りアウグストゥスであり、オクタウィアヌスが帝位についた際に名乗ったのがこの名であった。真夏の実り豊かな月にオクタウィアヌスという名を与えたのはそのあとである。ダイモンからゲニウスへの変貌の理解にあたっては、ルクレティウスの『事物の本性について』冒頭のウェヌスへの呼びかけの最初の数行を引いておく必要がある。アエネーアースの子孫の母、人間と神々のよろこび、養い親ウェヌスよ、大空の滑り動く星空の下で、あなたは船を浮かべる海に、実りをもたらす大地に、いのちを溢れさせる。生きとし生けるものは、みなあなたによってこそはらまれ、生まれ出ては日の光を見るのだから、女神よ、あなたが近づけば風はにげ、空の雲は散ってゆく、あなたの足の下に技巧すぐれた大地は甘美な花をしき、あなたのために海原はほほえみ、大空は怒りをやわらげ、鳥たちは空に舞い、羊の群れは飛び跳ねる。海と空、激流と緑なす野原、あなたはその欲望によって働きかける。あなたはその欲望によってそれぞれ種族をふえさせる。またあなたなくしては、光の聖なる岸辺に現れ出るものもなく、あなただけが自然を支配する〔藤沢令夫訳にしたがった〕。

このすぐあとで、アープレーイユス作の小説の末尾にあらわれる月の女神への祈りのくだりを読み直す必要がある。動物への変身譚の主人公ルキウスはケンクレアイの浜辺で、あたかも生まれ出るときのように、不意の恐怖《パヴォーレ・スービト》におそわれ目を覚ます。満月がアイギスの海の波間からのぼる。彼は跳ね起きて海へとむかって駆け出す。頭を七回ほど波の中に沈め、それから、ケレース、ウェヌス、ポエブス、プロセルピナ、ディアーナ、ジュノー、ヘカテー、ラムヌシア〔復讐の女神ネメーシスの別名〕など、思いつくかぎりの名をあげて月の女神《レジーナ・カエリ》に祈りを捧げるのだ。生まれ変わる主人公の魂に、ありとあらゆる女性的形象が最終的に回帰するのである。でも、本当は鳥になりたいと思っていた（ところが驢馬になってしまった）者はケンクレアイの岸辺にあって、砂浜に身を横たえ頭を蹄で抱えて眠っている。夜の女王は、イシスの姿のもとに夢枕に立つ。女神は王冠のように鏡を戴いている。夜の帳の大きな肩掛けに身を包んでいる。その肩掛けは、漆黒の闇の色をもって女神の輝きを引き立てるのだった（palla nigerrima splendescens atro nitore）。それからイシスはルキウスが眠っているあいだ、死んだように砂浜に横たわる彼のダイモンに語りかける。万物の母、あらゆる原理の支配者、何世紀にもわたる時間の起源と原理、至上の女神、〈黄泉《マネス》〉の女王、天界の最古参にして、世界の神々の理想の原型である私は自然なのです。輝く蒼穹と海を吹きわたる順風と地獄の恐ろしい沈黙を意のままに統御するのは私なのです。

　このようにして夜空の月のダイモン、すなわち数々のダイモンをつかさどる女神、月の支配下にある世界に影響をおよぼす唯一の女神、神々の守護神たるダイモンの女神は、ルクレティウス、カエサル、アウグストゥス、すなわちアンキセス〔女神アフロディテと交わり息子アイネイアスをもうける〕を受け継いで古代ローマ建国者の系統を築き、星辰《シドウス》となって空高くまいあがり、天空に自分の名を書き込む初期の皇帝たちの神格化と権威化をになう太陽神たるウェヌスに代わって、アープレーイユスの世界のなかに突然あらわれるのだ。最初は、ローマ帝政末期、イシスがウェヌスを追い払う。次は中世初期、ヤハウェがイシスを追い払う。キリスト教は聖者を崇める人びとのなかにダイモンを追いやり、そこでダイモンの数は増え、しだいに野獣を追う狩猟民を引き継ぐ殉教者たちを追い落さんばかりに勢いをえる。アープレーイユスは魔術を弄した嫌疑で裁きに処せられた最初の古代ローマ市民であるとともに、ダイモン、ゲニウス、精霊《ジェニー》、よき精霊、守護天使の系譜学と位階秩序を築いた最初の導師《マグス》である。すでにキリスト教は、守護天使を自分たちの陣営に取り込み、まずは天使とダイモンの両者を分離し、さらに最終的には天使《アンジュロス》と悪魔《ダイモン》なる姿をもって両者を対置する。ダイモンを悪魔に仕立て上げ、唯一神を崇め奉る。

第二十二章　メッサポンテのピュタゴラス

イアトムル族〔ニューギニアの部族〕の言語にあって交接を意味する動詞はどれもが他動詞である。ギリシア語もまた同じで、Logos sarx egeneto という。言葉は肉となれりというわけだ。肉となった言葉とは、神のことである。ラテン語への翻訳者（聖ヒエロニムス）は最大の山場にあたる事柄を受動態に変え Et verbum caro factus est とする。〈神の言葉〉は「みずから」肉となり、かくして言語《ロゴス》が男女の心《プシュケー》に宿るにいたり、内部に導き入れられた言語の共鳴音のせいで死の恐怖に襲われる人びとの顔一面に血の汗が浮かぶ。

　ピュタゴラスは夜を待っていた。頭から離れぬ間があり、自分の血でもってこれを銅製の鏡に書きつけ、その表を月に向けてさしだすのだった。すると月の光が彼の問いに答えた。

　そんなふうにしてピュタゴラスは読んだのである。

　ある日のこと、といっても同じ日のことだが、メッサポンテとタウロミニウムの二カ所でピュタゴラスの姿が見られた。

　その昔彼はアルゴ船の乗組員のひとりで、アイタリデスという名前だったという。紀元前一三〇〇年には、櫂を手にして座る彼の姿があったが、その隣にいたのは一緒に泳いだ仲間のブテスだった。それから四百年後のこと、今度はエウフォロボス、つまりトロイア戦役でオデュッセウスの傍らで勇敢に戦った兵士となってあらわれた。彼はあるときはヘルモティモスだった。そしてまたピュロスだったこともあった。そして最後にピュタゴラスとなったのである。

ピュタゴラスの名をもつ人物はレムノス島に住んだ印章彫り師の末子だった。

彼はエジプトに行き、その土地の言葉を覚え、奇妙な記号を教えてもらい、これを読んだ。

さらにまた彼はイタリアの都市国家クロトーネに移り住んだ。肉体は次々と入れ変わっても、彼のダイモンは転生を繰り返す魂の記憶を失わずにいた。彼はメネラオスから受けた傷に苦しんだ。ピュロスの名のもとに彼はデロス島の漁師となった。ピュタゴラスの名のもとに、みずからを智者《ソフオス》ではなく、謙遜からか策略からか愛智者《フイロソフオス》と呼んだ。すなわち魔術師《マギ》の弟子となり、智者に随行し、シャーマンのダイモンが肉体を離れて三世界のどこかを旅するあいだ、その傍らに座してつきそう者となったのである。

第二十三章　母の声なる想像的な伴侶

生きのびるには誰もが想像上の伴侶を必要とする。想像上のつれあいとなるのは自分よりも古い声である。どんな子供にも自分以前に生みの母がいた。このようなかたちで思考はどんなものであれ独自のセイレーンをともなうのである。ギリシア語プシュケーは息を意味する言葉である。生まれ出ようとする赤子が最初の王国から出て、叫び声をあげ体を顫わせて〈息〉を獲得するとき、おのれの出所にあたる失われた身体をどのようにして認知するのか。この身体の声を聞くことによってである。それこそがプシュケー的なアリアドネの糸なのである。「母の声」は十八カ月経つと「母語」になるのだが、最初の九カ月、ソプラノの声は、胎児を腹に抱えて、その律動で包み込み、その歌でもって胎児を包み込んでいた。新世界にあって、光の岸辺に、母の声、声の顫え、その強さ、その口調、そのリズムのもとに乳児が母を認知する最初の「対象」は、逆光をあびて自分の前に立つ巨大な姿であり、暗い色の大きな肩掛けにその姿は包まれている。それまで乳児が見たこともなかったような容量と形をもって上から屈み込んでいるが、同じ声で話しながらも、ほかのどの姿よりも明らかに古いものなのである。袋の水に隠れ、そこに浸って生きていた第一世界からの唯一の生存者であるこの声は、それ以後は空中を伝って乳児に届くことになる。妊娠した女と胎児とを結びつけていたものが、乳児を臨産婦に、それから子供を母親に結びつけるものとなる。アリアドネの糸は、回起するあの失われた声、すなわち驚くべき動物的変化を経たあとでなおも生き残る再結合であり、その暴力性を和らげ、トラウマを宙吊りにするあの失われた声なのである。そこから音楽と思考を結びつける断ち切ることができない絆が生まれる。声の役目は胎盤という洞窟から脳という洞窟へと導くことにある。思考に随行するセイレーンとはこのようなものであり、それは犬が狩猟者にしたがい、鷹が騎士にしたがい、牡牛がパシファエにしたがい、月が太陽にしたがい、アリアドネがテーセウスにしたがう姿に似る。

第二十四章　神の言葉の不可視なる部分《アファントス》

紀元後六五年、皇帝ネロの治世のもと、アンティオキアにおいてギリシア人医師ルカはアラム語で語られた物語の筆写を始めた。クレオパスによって伝えられた物語だった。この物語には、思考の本質についての省察を深めるために必要不可欠な要素がある。アテネでソクラテスが処刑されてから四百六十四年が経過していた。サブラタでアープレーイユスが魔術を使ったとして訴えられるのは九十三年後のことである。夜明けに神が死に、週明けの最初の日、マグダラのマリア、ヨハンナ、マリア・ヤコビらが、香料、松明、豚の脂、バルサムなどをたずさえ、イエスの亡骸が安置されている墓までやって来ると、石が横にずれていて、ほどけた包帯が墓の奥にあるのが見えた。

遺骸は消え失せていた。

すぐに女らは輝ける衣をまとった二体の天使が墓の脇に立っているのに気づいた。二体の天使は三人の女にむかって言った。

「なぜ死者のなかに生者を探そうとするのか」

*

同じ日のことだが、死者となったこのイエスなる者の弟子二人がエルサレムを出発し、そこから七十スタジオン〔ほぼ十一キロメートル〕ほど離れた地点にあるエマウスなる村に向かう街道を歩きながら、たがいに顔を見つめ合い、彼らの師の忌まわしい死について語り合っていたところ、話に加わろうとするのか、足を早めて近づいてくる男の姿が目に入った。

そのときクレオパスは、その日の朝に墓がもぬけの空になっているのが目撃されたという話をしているところだった。マグダラのマリアは気が動顛し、墓所の洞穴の奥にはほどけた包帯が落ちていて、石が転がり、ローマの兵士たちは茫然とした様子だったという。

三人の男はまた街道を歩きはじめ、クレオパスが話をつづけた。

彼らがエマウスに到着したときはもう夜になっていた。

そこまで一緒に来た謎の男は、さらに先にゆこうとするそぶりを見せた。

Et ipse se *finxit* longius ire.

神の奇妙なフィクションである、つまり、みずからが「言葉」となって永遠に別れを述べるそぶりを見せるのだ。

遠ざかる、あるいはむしろ逃げ出すといってもよい動きを目にするやいなや、二人の弟子は、一緒にとどまってはどうかと見知らぬ者に言った。宿屋に入って、一緒に夕食をとろうと提案したのである。

クレオパスは言った。

一緒にいてください、日が暮れたのだから。ごらんなさい。

まもなく一日が終わろうとしていた。

見知らぬ者は申し出を受け入れる。彼らは旅籠に入る。三人とも床台に寝そべって、肘をつき、運ばれてきた水盆で手を洗う。

見知らぬ者はパンに手を伸ばした。彼はそれを折って、二人に手渡した。するとどうだろう、突然彼らの目はひらき、ものが見えるようになった。二人はそのひとの姿を見たが、同時にそのひとの姿は消えていた。

逐語訳をすると、大きくみひらかれた彼らの目のもとで、その人は消えたとある。Et *aperti* sunt *oculi eorum*, et cognoverunt eum, et ipse *evanuit ex oculis eorum*.

ルカ福音書ギリシア語版の記述はより詳細だが、なおも推移的である。そのひとは彼らの前で「見えなくなった《アファントス》」となっている。

あなたがたが話題にしているそのひとは、すぐそばにいる。

愛し、欲し、眠り、夢をみる、読む、というのはここで言われる「目に見えぬもの《アファントス》を見る」ことなのだ。

読む、それは見えぬものの存在を果てしなく目で追うことである。

手にする本が語る人物は頭のすぐそばにいる。あなたの頭蓋の側壁の至近距離にいる存在なのだ。あなたが思いを向ける相手は、それが誰であれ、真正面から向きあうことで、実際に周囲にいる近しい相手の誰よりもすぐ近くにいる気がする。それでいて、その相手は、そのような独特のあらわれかたをする、つまり、あなたが思う相手は、いくら大きく目をみひらいても目に見えない存在なのだ。

抱きしめようとしてもかなわぬ不在の女（すなわち、あなたを産み落とした抱擁の女）が影よりもずっとそばに寄り添っている。その女の特徴と欲望の跡が身体全体に残っているという言い方をするひともいる。その幻影は頭に取り憑いて離れようとはせず、この世の情念世界をさまよい、そのあげくに、お気に入りの相手を、あるいは自分が愛した相手にもっともよく似た者を指さす。

あなたが読む物語の登場人物は現実のあなた以上にあなたという存在の本来の姿である。本を読んでいるときは本の存在は忘れてしまい目に入らないとしても、登場人物は本をもつ手よりもずっと近くにいる。登場人物はあなたの目の瞳のようだ。瞳はラテン語だとプピラとなるが、小さな人形という意味にもなる。小さな人形というのは、瞳の奥に目に見えない相手の女の小さな姿が描き出されているからだ。つねに同じ鬼神《デモーネ》のさまよう姿がある。

幼い娘たちの現実空間での遊び相手となる目に見えぬ母の小さな姿。

恋する者は女の目を覗き込む。相手の目を覗き込む者は、そこに欲望に燃えて惑う若い女のミニチュアのごく小さな顔を見出すのだが、その女からすれば目に見えぬ伴侶だった者は、第一世界ではすでに死者となり、さらに第二世界、つまり猛々しい光にみちた世界にただひとり丸裸で転生し、そのときつきそうのはプシュケーの声だけであり、その声がありかをしめす水源に顔と身体を浸してわれわれが静かに泳ぐことはもはやない。

＊

愛する相手の目を覗き込む者、やがて時がくれば、そのひとを恐怖から守るものはいなくなる。個人的な特徴をほとんどもたない顔を見たくないと思うならば、目の奥底に、われわれが愛する相手をほとんど見ないようにしなければならない。

＊

地獄に降りたオルフェウスは、エウリディケーの顔が蛆虫に喰い荒らされているのを見て、すぐに逃げ出す。虚ろになった眼窩から蛆虫が這い出す。鼻孔から蛆虫が這い出す。半ば開いた口から蛆虫が這い出す。

＊

われわれの日々の暮らしにあって、あれほどの高貴さをもってわれわれに寄り添う猫をじっと目の奥底まで見てはいけない。さもなければこの世界からわれわれの姿は消えてしまう。

＊

あらゆるまなざしの奥に、不運であるとともに愛され、怯えているとともに恐ろしいダイモンが住んでいる。

彼らは見張りをすると同時に交換をする。

*

精神分析医が「ナルシスの番人」と呼ぶのは、生まれて初めて鏡のなかの自分の姿に見入る子供の心を落ち着かせる分身に相当するものである。ここにもまた装い《フィクション》がある。Se finxit すなわち装うというわけだ。分身は近づこうとしてみせる。分身はその「自己」に近づこうとするのである。ここで問題となっているのは、自分自身の鏡像を受容可能にするダイモンなのである。自分自身の鏡像は、ほかの男女の目にとまってあまりに激しい情動を誘発しかねず、この最初の交換《やりとり》にあって、男女の区別をはっきりしめす下腹部と、それなりの個人的特徴が見え始めた顔を間近に見るときの息を呑むような途方もない取引には、その行方を見守る交換の主としてのダイモンが必要となるのだ。

小説家たちが「想像上の同伴者」と呼ぶのは、暗闇に独りたたずむ子供あるいは喪に服す子供、さらには捨て子、そしてまた孤独な子供の相手をしにやってくる施しの分身である。

想像上の同伴者は「遊ぶ子供の話し相手」と定義することができる。

そしてまた、思考は、多かれ少なかれ未知であるとともに失われた何かを相手に話す遊戯ということになる。

子供は気の向くまま、この不可視の天使を呼び出す。気分が乗れば、天使に話しかけ、またいつでも気の向くままに天使を追い払う。子供は天使に助言を求める。

子供のそばにいるダイモンは口はきかないが、幻覚というわけでもない。

それは現実的であって、しかも間近にある何かであり、双子、動物、動物の和毛、遊び相手、指先に触れる柔らかな匂いのよいシーツ、眠りに落ちるときの枕の端、親指、案内人、主人公、歩哨、たいていの場合は頭のどこかに、あるいは頭の周辺に、髪の毛の房のあたりに、鼻あるいは口のあたりにいる存在である。

ひとりごとを——老女になってもなお——口にする老女もまた、顎をかすかに動かし、目に見えぬ相手にむかってもごもごと話しかける。

第二十五章　風の精シルフ

　午睡の際、あるいはまた夕暮れ時、あるいはまた明け方、女でも男でもひとりでいるときに自分の性器に手が触れるのは、クピドなるゲニウスが不意に訪れたから、あるいはまたソムヌスなるゲニウスが男女の体を尖らせ、さらには緩んだり膨らみ始めたりするごくひそかな部分へと手をみちびくからであるが、そのとき一個の分身の幻覚があらわれ、自分では積極的なはたらきかけをしたつもりはほとんどなくても、だんだん気分がよくなってくる展開《シナリオ》があって、しだいに抵抗しがたい力をおびてくる。

　この分身は彼らが自分の指の目的地に期待する快楽に、少なからぬ手助けをもたらす。

＊

　この種の歓びは、昼日中に親しい人びとに告白したり、あるいは時をさかのぼり祖先の目のもとにさらけだされると、ひどく恥ずかしい思いがするはずだが、これについても、われわれはときに言葉にしえないノスタルジーにとらわれることがある。ある極端な夢想がそこから生まれ、じれったい思いになるのだ。純然たる想像上の存在によって口にできない官能的快楽がかなう。そこに姿がないのに、一個の身体が激しい欲望を護ろうとしてやってくる。魂がおしのけようとしても、この身体は観念を護ろうというのだ。想像上の身体は支えになり、切っ先をとがらせる意識に対する防御となる。この身体はエネルギー放出のあとも生きのびる。われわれは夢に浸って眠っている。

女でも男でも孤独な快楽にふける人びとを護り、快楽を開花させる天使は、これもまたダイモンなのである。

クレビヨンの作品には、一七三〇年に書かれ、完全に自慰幻想に捧げられた一冊がある。紀元前三九九年にソクラテスが内部の声を神霊《ダイモン》と呼ぶことにしたように、クレビヨンは孤独な手のダイモンを「風の精《シルフ》」と呼ぶことに決めた。クレビヨンはこのとき二十三歳だったが、ソクラテスが彼の神霊《ダイモン》に身を献げて死んだときから計算すると二千百二十九年の時が経過していたことになる。クロード・ジョリヨ・ド・クレビヨンは生涯を通じて版画収集につとめた。一七五〇年になって彼はミス・スタッフォードとともにサンスに移り住んだが、二千点を上回る好色版画を一緒にもっていったという。クレビヨンのこの本は、伝記に相当する本のなかでも最も奇妙にして最も常軌を逸したものである。それはまたフランス語で書かれた著作にあって最も優れた文章となっている。

第二十六章

なぜソクラテスはこれほどまで頑な態度をまもり、全員を敵に回すまでして、あの制止する小さな声の側に立とうとしたのか。なぜ彼は親指トムのかすかな囁きと引き替えに命をさしだす真似をしたのだろうか。なぜ彼は牢獄を、足の鉄鎖を我慢して受け入れ、さらにはかくのごとき疑わしくも不可視の何かのためにすすんで毒をあおろうとしたのだろうか。なぜ彼は内部に聞こえるあの「制止《ストップ》」にあれほど忠実でありつづけ、そしてまたこの「声」による制止を理由として、公的な自己弁護をおこなおうとしなかったのか。ジャンヌ・ダルクは火刑台の炎におびやかされ、ルーアンでの裁判の際に自己弁護を受け容れたわけだが、なぜソクラテスは、魂の奥底から発する奇妙な拒否にかんして、ジャンヌ・ダルクもおよばぬほどの勇気、決断を示すことができたのか。

なぜなら、この「他者の声」はいかなる男女にあっても口腔の奥深くにひそんでいるものだからである。

なぜなら、この声としてのあらわれは、生まれ出るときに暴力的に体内に送り込まれた呼吸の息とおなじく生死を左右するものだからである。

声をもって話される言語、その背後に控えているのは声なのだ。最古の言語といってもよいが、言語が秩序だった展開にむきあう以前にあったのは声の訪れだった。言語は掟と禁止をうけもつ交換の神であって、内部にも外部にも存在し、肯定と否定、許可と拘束、祝福と呪いをかわるがわる受け持つ。言語は要するに回転扉のようなものであって、そこでは私と名乗る誰かが完全にあなたになりかわるかと思えば、耳を傾ける相手がすでに言葉を発する私のなかにいたりもする。

自我を基盤とする変換（つねに母と子の対話にひとしい人間同士の対話のなかで生じる私とあなたの往還）、それこそがダイモン的な変換の魔であり、それゆえにソクラテスの神霊《ダイモン》はこれに発するエクスタシスと対話法を切り離さぬように彼に求め、巫女《ピュティア》と雄鶏を切り離すことを拒んだのである。『歴史哲学講義』におけるヘーゲルは哲学者としては例外的にただひとりポティダイアにおけるソクラテスの強硬症的エクスタシスの問題に真正向から取り組んだ。ソクラテスを自己から自己を引き抜く者だとしたこと。思考の「分離した身体」（secessus corporis）として考察し、これを天才のロマン派的告白および対話法（ギリシア語ではディアレクティケーとなる）の発明と結び合わせたこと。習慣となるものが知的形態をもってあらわれる最初の人間がソクラテスなのだとヘーゲルは後に書いている。一八三六年にF・レリュはこれを受けて次のように書いている。古代ギリシア人はこのような病んだ思考の神格化を遺産として後の世代に送りとどけたのだと（『ソクラテスの神霊《ダイモン》について』パリ、一八三六年、一四九頁）。

この場合の病める思考の神格化とは、意識の身体化の最初の段階である。第一に、聞き手が話し手に変化しうる点は無名のダイモンの秘儀的な名にあたるものである。第二に、対話法はアテナイにおいて哲学が創始された際に思考がかぶる芝居の仮面（ペルソナ）にあたるものである。

第一世界にあって、変換不可能性がすべてを制している。

一方では、水に包みこまれたものは息をしない聴取である。もう一方の皮膚の側に立てば、包みこむものは声の主たる孤独なソプラノの声である。

主体は母によって子のなかに、母が子にむけて語りかける言語の内部にあると仮定される。

＊

＊

第二世界にあって、聞き手と話し手のあいだの変換不可能性には二つのケースがありうる。

最初のケースは幼年期である。幼児とは、誕生の瞬間から呼吸を有する聞き手となってはいても、まだ国語の話し手とはなりえていない者である。幼児とは人質のようなものである。イン＝ファンス（言葉を話さぬ者）は人間の言語活動に人質としてとられた存在であり、母が独自のイントネーションをもって、さまざまに異なる命令にしたがいつつ、幼児の体内に吹き込むものがその言語活動であるわけだが、母はその命令をもって幼児を包囲し、束縛し、拘束し、窒息させる。「幼児」と呼ばれるのは、影と沈黙の世界から生まれ出るときに、身体の動きをきびしく指図する暴力的な声の捕囚というべき対象であって、その声は、すべての人間の監視のもとに、幼児を主体として母語のうちに立ち上がらせるものなのである。

二番目のケースは読むことである。思考に独自のダイモンがあるように、書くことにも独自のダイモンがある。それは同一のものなのである。ただし読む場合には、事情が異なる。文学が言語のエクスタシスであるとすれば、読むとは、これとは逆に、変換不能の言語への回帰である。

読む者は、仮に言葉を話さないとしても、インファンスではない。読む者はこれもまた人質だとしても、暴力に支配される人質ではない。幼児が人質であるのは、他者という文字によって加えられる暴力をみずからすすんで受け入れるからである。幼児はわれわれを忘れて、好んでこのような小説という名の自由な状態への転移にのめりこもうとする。読むとは、この逆説的な技である。すなわち、かつて暴力によって人質となった者が、あくまでもダイモン的にして暴力的な母語なる最初の、そして変換不能な試練とのあいだに生じる新たな関係を受け容れるのである。

第二十七章　未知ナル神ニツイテ

個々の人間の頭蓋の奥底でたえずうごめき、そのひとの生をかたちづくる言葉の流れはみずからの意志によるものではない。意識の世界において、ラテン語のコンセンティアとは、アリアドネの糸となって二つの身体をむすびあわせ、二つの王国のあいだのやりとりを可能にする主権者たる女の声の痕跡を指し示すものである。

たえず聞こえるひそかなこの囁き声は、物心がつく年齢に始まって、そのあとも、われわれ内部の頭蓋の奥底をさまよいつづけるわけだが、われわれがこの声にかたちをあたえるというよりも、われわれのほうがこの声によってつくりあげられているというべきなのだ（習得言語が、頭蓋という洞窟内にくりひろげる果てしないこの注解のなかで、われわれの手からすりぬけてしまうのがこの声なのである）。

これは額の骨の裏側で、眼球の背後でおりなされるじつに奇妙な果てしない記憶《アポムネモネウマータ》もしくは注解《コメンタリイ》である。

われわれの内側で、あたかも命令のようにして否応なく迫りくるこうした徴もしくは制止もしくは防止もしくは自然発生的な掟というべきもの（なぜならば、それにしたがわないとなると、われわれの内部に不安の扉がひらかれるのだ）、われわれが後に良心とか不誠実などとぞんざいに呼ぶことになるあの繰り言にならっていえば、それらは主観的というよりも神霊《ダイモン》的、「人の姿をとる」というよりも悪魔的、個人的あるいは私的というよりも家族的で社会的なのである。

自分の想念の生みの父だと認めないでいるのは、ソクラテスがなせる最初の謙譲だった。いかなる言説もそれじたいで価値があって非＝忘却にむかうのではない。少なくとも二つの言説による抗争のみが、真実なるものへむかう歩みの保証となりうる。それがソクラテスの第二の謙譲だった。実際には、同一の事柄なのだ。ダイモンの声にしても対話法にしても、唯一無二の言説など存在しないことをともに告げている。なぜなら言語は唯一無二ではないからだ。話すための言葉の獲得がなされる対話《ディアロゴス》を通じて、そしてまた言語システムの二面性を通じて、交接による言葉をもたぬ幼児の受胎の背後にある死者の霊《マネス》を通じて、われわれは未知なるものと失われたものとの双方にむすびつく。われわれが口にする言葉のすべて、われわれが言いうる事柄のすべて、言えると思いこんでいる事柄のすべては、われわれの内部で合図をし、ときにはそこにとどまることがあるような何か、なおも単純にいえば失われた母のためにあるのだ。ソクラテスは、われわれ自身という以上に、まさにわれわれの内にあるこの未知なるものを神霊《ダイモン》と呼ぶやり方を始めたのである。ソクラテスの神についてとは、未知なる神についてということだ。『ソクラテスの神霊《ダイモン》について』は『未知なる神について』という意味だ。

＊

私は自分が何をしているのかわかっていない。私がいま書き進めている事柄をはっきりとは理解していない。夢想を前に私は躊躇している。私はまた自分が知らないのを知っている。未知なるダイモンが私に語りかける。ときおり私の肩の上に何かがそっと乗っている気配がある。空気の精《シルフ》のごとき存在が、私の下腹部、陰嚢のあたりを住処に選び、影像となってあらわれる。けっして存在したことのないものの声が聞こえるので、これを書きとめる。ときに蝋燭の熱い滴が私の左肩の肉に落ちかかると、神は飛び立ってしまう。この種の訪れによって、たえず私は孤独にひきこまれ、より古く、より野蛮で、より昏い時代から引き離されるのだが、それなしではいられない。空になった棺の縁に二体の天使が立ちすくんでいる。

——Quid quaeritis viventem cum mortuis?（死者タチノモトニ、生ケル何ヲ探シテイルノカ）

——De deo ignoto.（未知ナル神ヲ）

＊

港と市街が炎に包まれるなか、アルキメデスが死んだという知らせをひとりの傭兵がもたらしたのを受けて、ローマの将軍マルセルスは涙を流した。シュラクサイに火を放つよう命じたのはほかならぬ彼であり、油を塗って火をつけた矢を家々の屋根にめがけて放ったとき、この建築家が市内にいたことを確実に知っていたはずだというのに、なぜマルセルスは涙を流したのか。

将校は上司たる将軍にむかってなおも迫る。亡きアルキメデスに、どうしてそこまで賛嘆の念をいだくのか。その勇気なのか。金銭に無頓着な点なのか。その美徳のゆえなのか。名誉を軽蔑したからなのか。権力を拒否したからなのか。ローマの権勢に抵抗したためなのか。

「けっしてそんなことではない」と将軍は答える。「彼の技芸の才《ムーサイ》を思って涙するのだ。あくことなき情熱が彼を学知へと導いた。まさにこの驚くべき制作《ポイエーシス》が、あらゆる次元にわたって技術を精確に磨き上げるはたらきをしたことに涙を流すのだ。このひとがシレヌスのたえざる魔力のもとに生きていて、シレヌスは彼を離れず、起居をともにしたことがわからぬのか」

　彼が涙したのは、マルセルスが攻略するシュラクサイの町の燃えさかる炎のなかで、アルキメデスの魂とともに滅んだシレヌスを思ってのことだった。

*

　マイスター・エックハルトは、そのみごとな説教のひとつで、マグダラのマリアがひどく裏切られた思いでいたことを語っている。イエスを待っていたところに二体の天使があらわれるのを彼女は見たという。待っていた相手はひとりなのに、彼女が見出したのはふたり、永遠を待っていたのに、彼女が見出したのは時間、古き結合を待っていたのに、彼女が見出したのは言語だった。

　なにゆえに女たち、男たちは、生涯を終えたあと、死の夜の奥深くにあって祭儀をつかさどる〈父〉そのひとの懐に抱かれ、彼らの存在そのものが事後の結果であるから見ることができないのだが、その不可視の光景のなかで裸になったあと彼らを生んだ未知なる者を呼び出そうとするのだろうか。

　いったいなぜ死後に唯一の〈父〉が存在するのか。なぜなら、受胎以前は唯一の者であらざるをえなかったからだ。

　罪の聖女マグダラのマリアが裏切られた思いを抱いたのは、死せる神の動いた石を目にしたとき、彼女の体の前にたちあらわれたのが統一体ではなかったからだ。それはもう一度生きた世界に送り出されるが、そこにはすぐさま別離、対話、内戦を体内にすべりこませる自然言語があるわけではない。

ホメロスの登場人物たちがさらにヒステリックなかたちで表現していたのは、内的「独白」などではなくて、ソクラテスの場合とおなじような二重化だった。要はつねに「対話」なのであり、吟唱詩人《アオイドス》は登場人物の体内に入り込んで謡わんとしていた。幻覚を誘発する声が登場人物に語りかけ、ひとりの人間がもうひとりの人間に相対するようにして、登場人物の心と肝臓と息と胆力と対話をかさねながら長々と諫言を聞かせるというわけだった。二体の未知なる神がある。二体の知られざる神《アグノストス・テオス》がある。二体の未知なる神《デウス・イグノトゥス》がある。死者の霊《マネス》のように、すぐさま異なる二者に分かれる二種の性がある。すなわちすぐさま、第二の生へと生まれ落ちる瞬間に、頑固で永遠に変わらぬ運命のように性差を定める二種の性がある。性はただひとつ——別のものということだが——であればよいのに、という夢想が生まれてやまない。

*

性愛を通じて自分をこの世に送り出した者の声の支配のもとに子供は生きのびる。子供は言葉を話し、文字を書き、考えを積み重ねるなかで、「母の言語」の人質となってゆく。言語はあの女神の痕跡なのである。言語はこの天使の亡霊として在り、両者のあいだには往還の可能性が保証されている。揺りかごのなかの叫びはまさしくその天使である。

叫びは子から母へとむかい、母を子につれもどすダイモンである。

生涯のすべてを通じて、いかなる本を書こうが、いかなる怒りがわきあがろうが、いかなる愛の言葉を相手にさしむけようが、いかなる理論を考え出そうが、そのすべてにわたって言語は、語る者のかたわらに場を求めて回帰する〈失われた母体〉を幻視する。人質はメッセージを運ぶ者の顔の隠れた部分である。Pater semper incertus. Mater semper certa. すなわち母はつねに確かであり、このうえなく確かであり、父はたえず不確かである。それゆえに聖女は娼婦であり罪の女であるのだ。本当のところは、「父」は存在せず、あるのは《gignit》、つまり「生み出す行為」だけで、生み出された者のかたわらに、亡霊のように、往古のように、その源として「屹立するもの《エレクティオ》」がたちつくしている。その運命はあの別の性であり、それは自分の水源であり——それは頭を手に抱え込み、髪の毛は乱れ、流れ落ちる蝋燭を、神の頭蓋を見つめている。

*

内面化された伝承もまた守護天使なのだろうか。その通りだ。

言語もまたダイモンなのだろうか。その通りだ。

われわれは夢のなかで、現実の生に夢がありありと存在しているのと同じくらいにありありと存在しているだろうか。存在していない。

夢がゲニウスと同盟を結び、夢がファスキヌス（神聖なるファロス）を大きなものにして強い存在感が感じられるようにするのと同じように、われわれは自分自身に相対して強い存在感が感じられるようにしてあるのだろうか。けっしてそうではない。

*

われわれがたしかに自分自身であると思ったことは私にはけっしてなかった。

われわれが、ふと訪れるダイモンと同じくらいに自分自身であるように思ったこともまた私にはけっしてなかった。

第二十八章　意識の創出

オウィディウスはキリスト暦が始まって間もない紀元一二年にルーマニアのトミスにあって、次のように書く。*Conscius* in culpa scelus esse sua. 過ちを押さえられた罪人なる意識、というわけだ。

相手が動物であれ人間であれ、殺生をしたという罪悪感を規定するのが良心なる意識だ。獲物——毎日われわれが食するもの——が捕食者に立ち向かってきはしないか、食べる者を食べようとする欲に絡め取られるのではないかとわれわれは恐れている。

五七年、聖パウロはローマの人びとに向かって次のように書く。Quod enim operor, non intelligo. Non enim quod volo, hoc ago. Sed quod odi malum, illud facio. たしかに自分が何をしているのかわかってはいない。たしかに欲することをやってはいない。むしろ自分が嫌っていること、それをやってしまっている。この瞬間、つまり五七年に、パウロの思念のなかで、ダイモン的なるものが悪魔的なるものに変わり始めたのだ。パウロとともに、悪しき行いを制止する声の存在はもはや問題ではなくなる。いまや神の声がパウロのうちで妨げられる。そして言語の声は不当なる行いを妨げられなくなる。魂は成長をとげ、魂の内部で価値をたかめ、魂が生命を付与する肉体と——対話の状態にあるようにして——対立し始める。内戦（鬱血《スタシス》）は内部にもちこまれ、官能と〈神の言葉〉のあいだで展開される。聖パウロは次のように書いている。わが理性の掟とは別の掟が闘いをしかけ、わが肉体の各部に棲まう罪深い掟のもとに私を捕縛する。

Lex mentis. すなわち理性《ラティオ》の掟というよりも思考《メンス》作用の掟というべきだ。

中世半ば、最初の自由都市が誕生したころ、修道僧ギベール・ド・ノジャンが文書室《スクリプトリウム》にて記した **sensus mentalis** なる言葉は、意識を定義するものとして私には好もしく思える。つまりこの世の出来事の知的感覚というわけだ。思考もまた嗅覚や触覚と同じくひとつの感覚なのである。五感は——動物においては——肉体的《コルポラリテル》に嗅ぎとる。思考は——人間にあっては——知的《メンタリテル》に嗅ぎとる。肉体の内部では二種類の掟が抗争状態に入る。つまり精神の掟《レクス・メンテイス》と罪の掟《レクス・ペッカテイス》である。

この罪悪感の間隙がわれわれ自身の内部の溝を掘り下げ、文字通りわれわれ自身を引き裂くことになる。

「ダイモン」が七世紀にわたって大地と大気をわける中間地帯に棲みついたように、中世ヨーロッパにおける罪《ペッカトウム》は、十九世紀末にいたるまで——精神分析の長椅子が登場するまで、すなわちみずからの観念《コンセプテイオ》の受胎の着床《レクトウス・ゲニアリス》へと身を横たえる患者が出現するまで——魂内部にひらく中間地帯に棲みついたのである。

*

私の前にいるひとの言葉を聞き入れるとは、従うことを意味する。ラテン語の Ob-audire / obaudience フランス語の obéissance は最初の聴取を意味するにすぎない言葉だ。

恭順（obsequium）は、紀元前二七年頃、西欧世界に睨みをきかせる帝政が樹立されたことにともなう法社会的な革命だった。

古代ローマの共和政にあって、subjectus および obsequens は奴隷身分を定義する二つの形容詞だった。奴隷は主人に仕える《アシユジエティ》とともに命令にしたがう《オベイサン》義務があり、さもなければ死の運命が待ち受けていた。

オクタウィアヌスが皇帝アウグストゥスとなったとき、それまでは父なき自由人であった古代市民は、ローマ世界がキリスト教に改宗するのを待たずして恭順な臣下となった。

アテナイ市民の多数決判決にしたがうソクラテスの犠牲的行為にあって、内部の声への依存が犠牲になったのは一時的なことにすぎなかった。

母の声の人質となっていた子供は、大人になると、命じる内部の声、それも懲罰的性格をしだいに強める内部の声の人質になる。薬物依存は、英語では addiction と呼ばれるが、これは彼らが天使として選ぶ薬物そのものの毒性とは別の事柄を表現している。ローマ帝国樹立にともなう恭 順《オブセクウイム》の革命は、キリスト教によって受け継がれ、さまざまな政体、さらにはファシズムと全体主義を経て拡大され、薬物依存を思わせる状態へと突き進んだ。

古代ローマにあって、おなじく古代ギリシアと古代エジプトにあって、言語の習得の際に空疎な隷従からこのような信じがたい感情がもたらされた。すなわち罪のことである。恭順は〈声〉の支配にしたがわずにいる破壊的絆である。罪とは、〈神の声〉（ロゴス、ヴェルブム）が命じる事柄に背く人間の魂を燃えあがらせる罪悪感である。このようにしてギリシア人の魂《プシユケー》は姿を変えて西欧的人間の意識になったのだ。九世紀から十一世紀にかけて、脳の洞窟を住処として日々の行動を予言するものとなった「戒律」を犯す者たちの魂のなかに、微罪と死罪との区別ができていった。

それから微罪と死罪は内的世界にあって生と死のように対立するものとなった。

帝政時代ローマのストア派の観点にしたがうと、四種類の悪徳が存在した。悲しみ、欲望、恐れ、歓びである。歓びはローマにあっては悪徳だった。なぜなら、何ものも壊しえない荘重さ、ものに動じない峻厳さが美徳だったからだ。

ポントゥスのエヴァグリオスは、これに錯乱、逃亡、不正を付け加えた。

このようにしてストア派が指摘する四つの悪徳はしだいにキリスト教徒の七つの大罪へと変化していったのである。

七つの精霊があった。生、視覚、聴覚、嗅覚、言語、味覚、生殖。

精霊はさまよいはじめるやいなや（道を踏み外すやいなや）ダイモンとなり、人びとの魂を堕落へとさそいこむ。ストア派の思想にあって、ダイモンを根絶やしにすることが課題であったわけではない。そうではなくてダイモンを堕落の道からつれもどし、精神へとむかわせることが課題だったのだ。

ダイモンは悪鬼的《デモニアック》な本性の状態におかれ、悪魔的《ディアボリック》なものとなり、典拠の違いに応じて七もしくは九にわかれる。すなわち贅沢、飽食、諍い、嬌態、傲慢、嘘、不正、眠りなどだ。

「死」罪に相当するものの一覧も順次に整えられてゆく。すなわち姦淫、背教、殺人、男色、冒瀆、盗み、瀆聖、酩酊、不服従。

十二世紀から一九四一年まで、キリスト教の地獄は、人間社会が考え出した最も全体主義的にして最も絶望的な装置となって、あらゆる男女の未来をこなごなに砕くはたらきをしてきたのである。

天国、煉獄、地獄。このようにしてシャーマン的な三世界が西欧に回帰したわけだが、この回帰は、一万八千年前に三世界を創出した先史時代の古の人間たちには思いもよらないものだった。

フィレンツェ大僧正アントニオは、目に見えず極小であるという点ではその上をゆくものを考え出した。それは疑念という病である。彼は小石を意味するラテン語スクルプスに着目した。これを微小でありながらも精神を苛む執拗な疑いという意味で用いたのである。精神を蝕み、不確実性のなかにおとしいれ、苛立ちへと駆り立て、陰鬱な気分に変え、動きを麻痺させ、いたるところに罪を見出そうとする疑いという意味で用いたのだ。

ジャンセニスト修道士デュ・ゲは次のように書き記している。魂は何よりもまず不安の知らせなのだ。それは茫洋とした気がかりであり、説得的ではなくとも、内的世界に困惑をもたらし悩みの種となる。外部世界にあって目に見えない事物が発する物音を内部世界で聞く気がする。それは「内部の小さな叫び」なのである。それはまさに、指し示すわけではなく、注意をうながし消え去る光のようなものである。いったい何なのか不明なまま疑いが生じ、これを照らす手段。まさに、傷つけるためなのか、腐りゆくためなのか、思考へと入り込む入口の余地を残さぬものを認知する手段。ときほぐせないものは必ずしも不分明なものではなく、むしろ思考がこれにうまく対応できないことを意味する。それは水源とおなじく涸れたりはせず、物音は聞こえるのだが、葉叢のかげに隠れていて姿は見えない、と思うやたちまちのうちに流れは地中にもぐりこむ。

キリスト教は、徐々に帝国を攻略し、罪を前にした魂という信じがたい要請をつくりだした。

長きにわたってキリスト教世界の言霊の数々の戒めに思惟が隷属してきた結果、懐疑が強まり、異様なまでの不幸な意識がもたらされた。

脳の洞窟内部における精神のはたらきをめぐる異様なまでに洗練された複雑な問いかけ。

頭痛《セファレ》。

頭蓋の悪疾。

離れ業的、詭弁的、繊細な、唖然とした、パニック状態の、永遠の刑罰という強迫にとりつかれた疑念。神とその化身たるあのギリシアのロゴスが萎縮し、生彩を失い、ラテン語を離れて諸国の言語のなかに溶け込んでゆくとき、きわめて西欧的な心理学の創出が、古き償いの早見表の後継者としてその後を受け継ぎ、あの奇妙な「意識」の存続に心を寄せたのだ。この心理学は精神分析にたどりつき、告白というキリスト教的実践にとってかわるものとなるが、それは一八八〇年頃に神が死をむかえるとともに、全体の趨勢として、地上に科学至上主義、ダーウィニズム、優生学、実証主義、未来主義、共産主義、ファシズム、国家社会主義が競合しながら勢力を拡大しはじめたときのことである。それまでは白い胸飾りのついた黒衣の指導司祭《スピリトウス・レクトール》がみずからの声を通じて対話の相手となってきたわけだが、いまや主体は――革命的世界、帝国的世界、民主的世界へと世俗化を経たあと、薬物依存を思わせる隷従のなかにあって――、これに代わるものとして、ネクタイを締めたスーツ姿の分析医を求めたのだ。

誰もが先行する自分の〈国家〉を引き受けざるをえない。

誰もが自分の内的な警察制度を引け受けざるをえない。

誰もが自分の父母を引き受けざるをえない。

誰もが自分の〈死者の魂《マネス》〉を引き受けざるをえない。

現実は、われわれを現実から保護する言語以上に予見不可能である。

現実は世界よりも飼い慣らすのがむずかしい。

絹は蚕から生まれ、叫びは揺りかごから、従属は最初の世界の失われた声から、罪は恭順から、恐怖は生から、火は枯れ枝から、人間は陰門から、ダイモンは鏡から、翼は月から、天使は自慰から生まれる。

第二十九章　岐路

ソクラテスの話にもどろう。古代ローマ帝国世界に誕生する意識の話も、キリスト教世界にあって意識を支配するようになる罪の運命の話もひとまず措くことにする。私は思考に立ち戻る。思考がストップをかける瞬間ではなくて、思考が自己制御をかける瞬間に立ち戻るのだ。プラトンは『メノン』八〇ｃでアポリアという語によって何を考えているのかを力説する。ソクラテスは彼に触れる者たちを呑み込んでしまう魚なのである。だが、相手を呑み込む《エウポロン》この魚＝魚雷は、それじたいが化石のようになっている《アポロン》。哲学の創始者のひとりは、こうして「私がひとを困惑させるのは、私自身が困惑しているからだ」と述べる。困惑している、二重の桎梏に縛られている、アポリアのなかに投げ込まれる（アポレイン）という状態には特有の伝染作用がある。

その先に対話は生じない。

転移の動きが凝固する。

私はもはやあなたとはならず、あなたはもはや私とはならない。

呪縛するものと呪縛されるものが、まずは完全に動きをうしなった状態で、まずは完全に死んだような状態で、まずは完全に死んでもかまわないと思う状態で、たがいに見つめ合い、それからたがいに攻撃をはじめ、片方がもう片方を殺す。あるいは、どちらも化石化し、追い詰められ、震えあがり、そのまま死に身をまかせるようにして、ともに息絶える。

＊

プラトンは思考の奥底にひそむアポリアをとりだしただけではなく、アポリアの中のアポリアというべきものの姿を明らかにしたのである。すなわち、どうしたら知らないものを探し出せるのか。

プラトンが出した答えは驚くべきものだ。未知のものを探すことができるのは、起源の知というべきものがあるからにほかならない。想起《アナムネーシス》である。失われたものを想起する努力である。知るためにはすでに体験していなければならない。学習にともなって心が動くのは、元に戻る、を意味する zurück の効果である。最後の王国の支配が成就するには最初の王国が存在しなければならない。そしてまた一方からもう一方へと移るにはトラウマ的光景がなければならない。こうして誰にとっても原初の試練があるということになる。まさに誕生はこの試練である。誕生は移住、変身、死の危険、失ったもの、さらには原初の悲しみをなす本源知をひろいあつめる。

後になって獲得された知のすべては起源が告げるものに依拠している。起源が「告げる」のは、誕生のさなかにあって、魂の活性、性をそなえた肉体の単独化、死の可能性、光の暴力を始動させる呼吸を見出して「叫ぶ」ものである。

呪縛されるものは呪縛するものに、自分よりも古い何かを認める。「なぜ」という問はうごかずにある。それは驚きである。「なぜ」という問いは、ただ単なる知の渇き以上のものに結びつく（なぜなら、いかなる実体も、人間の生の流れのなかで、この渇きを癒しはしないからだ）。飢えを感じない時間が数時間あるのに対して、なぜを問う探求心は日々の、何世紀にもわたる、千年をいくども繰り返す時間の流れのなかで、いささかも弱まりはしない。「なぜ」という問いは、すべての知と体験を超えた地点にある現実的なるものにかかわりがある。「なぜ」という問いは、先祖のまっただなかにあって、順番からすればもっとも最近のものによって出自にむかって発せられる。主体はこの「穴」である（誕生＝以前にひらいたあの穴、起源にある裂開《フィッスラ》、生まれ落ちる際の叫びに大きくひらかれるあの口――あのひらかれた、際限なくひらかれた、不定過去をもってひらかれた、自分の生のなかの往古、世界、宇宙、存在、自分のなかに送り込まれた時間のひらかれた問い）。

*

個体の生にあって、新たな世界にそそがれる新生児たる動物の驚きにみちたまなざしにはなぜという問いが、みずからに先立ってある。新たなものが新たなものにそそぐ驚きのまなざしは、単純きわまりない「それはいったい何」よりもはるかに大きなひろがりをもっている。

なぜという問いが存在しないのは、ひたすら自分を閉ざすひと――言語を習得しようとしないひと、包み込むものと別れようとしないひと、より以前のものが、自分以前のところにあってほしいと思ってやまないひと、新たなものを否定するひと、現実的なるものについての話を聞きたがらないひと――の場合だけだ。

自分を閉ざすひと、バラ、夜明け、空などは、なぜという問いを必要としない。

原初の時にあって、無意識はいまだ存在していない（眠りは存在していても）。だが無意識以前に「外部の内側の知」がある。生まれ出るものには謎めいた「何かを待つ状態」がある（初源から不意に浮上し世界に着岸しようとするなかで予見不可能性を引き受けるのが生まれ出るものなのだ）。それは包み込むものから包み込まれるものへと伝わる倍音のひびきであるが、環境からそれ自身に伝わる共鳴から生まれるものでもある。波がすでに身をもたげている波に巻き込まれるその瞬間に。呼び声に対する応答がなされる以前に、呼び声に応じる共鳴がある。

空洞体が共鳴する。欲望は腹をすかせたもののなかにいる。根源のざわめきは言語が現実を輝かせる前に根源のざわめきがすでに聞こえている。

アラン・ディディエ゠ヴェイユの広々としたアパルトマンが、パリ十区はウルク運河の船着き場に通じる、昔ながらの運河沿いにあったのを私はおぼえている。そこでは何匹もの猫がわがもの顔に暮らしていた。いつも議論の最後は答えが見つからず猫の意見を聞いてみようということになったが、どの猫も頭ではうなずいても、応じる気配はなかった。アラン・ディディエ゠ヴェイユの問いは次のようなものだった。どの国の言葉にあっても、人間的現実は燃える茨のようなものだとすれば、（自閉症にあって、狂気にあって）燃え上がるのをさまたげる要素は何か。そこでわれらが主人は、予言者のために用意された誰も座っていない肘掛け椅子の脇で、謎めいた分岐があるとほのめかすのだった。そのままでいるのか、それとも別のものになるのか。（拒否）か、それとも肯定か。（沈黙）か、それとも言葉か。猫にあたえられたあの貧しい言語（舌）、少なくとも体内にひそむ単なる言語の呼び声、言語の母への呼びかけ、生よりもなおも古き海に聞こえる自然の呼び声。だが、いかんせん、この段階にあって、肯定のほかに答えはない。拒否、沈黙は、空白、障壁、悲嘆、沈黙、食欲不振、死でしかない。

このようにして、私はつねに「肉体と精神の境目に」（*ad confinia carnis ac spiritus*）居場所を定める。私が書く文章はすべて肉体と思考の境界を一歩たりとも離れはしない。跨ぎ越すことができないものを跨ぎこそうとは思わない。〈最後の王国〉とは、この奇妙な土地、すなわち獣的裸性と文化的言語がつねに背中合わせになってはいても合一を果たさずにいる場なのである。道士ギベールは正しかった。思考はなおもこの肉体の感覚《センスス》である。それこそがこのアポリアなのだ。私は選ぼうとはしなかった。選ぶ気にはなれない。いつも私は二者択一に向きあいつづけている。

*

それはビュリダンの驢馬だ。野に生える草を選ぶのか、それとも燕麦升を選ぶのか。
それはアクタイオンの鹿だ。女神を選ぶのか、それとも犬を選ぶのか。

*

ローマ皇帝マルクス・アウレリウス（『自省録』第四章一〔むしろ同書第四章三もしくは第十二章一四により文脈に沿った記述が見出せる〕）が死を前にして直面したジレンマとは以下のようなものだった。ストア派を取るのか、それともエピクロス派を取るのか。神の摂理を取るのか、それとも原子を取るのか。

別の言葉で言い換えるならば、容器となる一者、万物統一の神（ギリシア語ではエノーシス）を取るのか、それとも散逸する欲動的な無秩序（ギリシア語ではカオス）を取るのか。

＊

私の思考の根底には、あえて口にしようという気にはならない思念がひそんでいる。肉体はこの思念を明るみに出すが、エゴはこれを無視しようとする。誕生の悲哀もしくはそれを痛切に甦らせるトラウマは、このようにして、記憶あるいは意味作用へと変換されぬままに、奇妙にも病のようにして繰り返しあらわれつづける。記憶の圏域を超えたところに自己を消し去った謎めいた記憶のようなものがあって、それは形象《イメージ》をもたぬわけではないが、語る言葉を見出せないでいる。まさしく擦り減った録音盤のようなものであって、完全に同一なかたちでモチーフ（悪夢、外傷、理解不可能な瞬間）が繰り返され、ドアをたたくが、ドアをあける許可はどこにもない。言葉なきもののための——幼児のための——合い言葉はない。

＊

ギルガメシュ王はウルクにあって、城邑を選ぶのか、それとも叢林を選ぶのか、と宣う。

ウルク王は都城を好み、その法を定め、王の馬には銃眼のある都城の絵を飾り、女たちすべてを支配する権利を明文化して世に知らしめた。王は野生の獰猛な獣を追う狩猟を好んだ。だが、ある日のこと、不意の一撃があった。王はエンキドゥに心奪われ、その獣に夢中になったのである。王は死にゆく運命のものを愛したが、さらにまたすでに死んだものをも愛した。王は死者たちの国に赴いて、彼に随行した者に再度まみえようと心に決めたのだった。これこそが、この世にあらわれた最初の小説であり、それが書かれたのは紀元前四世紀のことだった。

*

マルクス・アウレリウス帝――紀元後二世紀の名高いローマ皇帝にして、聖ブランディーナを死に追いやったひと――はローマにあって日誌に以下のようにギリシア語で書き込んでいる。*Ètoi pronoia è atomoi.* すなわち神の摂理か、原子か。

ギリシア語では、それが di-lemma の背景をなしている。ラテン語では、それが「岐路」の quadri-furcum をなしている。それが生のあらゆる瞬間における diezeugmenon である。それがすべての思考の核心部に見出される二股のフォーク（Yという文字の二つの枝）である。

意味か、それとも実体か。
神々の秩序か、それとも原子の雨か。
物語か、それとも彷徨《さまよい》か。

*

探索する者（サンスクリット語ではシャマナ、ギリシア語ではゼテス）は妻、息子、宮廷、都市国家を後にして、松の森に入り、永遠に満たされぬ欲望につきうごかされ、いつまでもそこをさまよう。

＊

ギリシアの名高い女詩人サッフォーの断章（一〇一）。何にむかって走ってゆくのかわからない。二つの思いが胸にある。Duo moi ta noèmata.

ワタシノウチニ二ツ思イガアル。

私は二つに分かれている《メルメリゾ》、すなわち、まるで私は対立する二つの部分《メロス》に分かれているかのようだ。レウカス島の岬の崖の上から海に身を投じる前に、彼女の心に思念がわきあがる。

＊

紀元前四〇八年アルゴスにて、メネラウス王はオレステスの手助けをすべきかどうか、テュンダレオス王がくだした裁きにしたがうべきかどうか、迷いに迷っていた。オレステスは王に決断をうながす。「メネラウス王よ、殿のお考えはどこへいってしまわれたのか。二股に分かれた思いをかわるがわる追って、歩きまわっておられるばかりだ」

「ほっといてくれ、ほっといてくれ、オレステスよ」と王はためらいながらつぶやくように彼に言う。思案をしているのだから。心にはっきりと決めたことは何もない。考えるといっても、何を考えているのかもうわからない。

ヴェーダ聖典をめぐるバラモン僧の競い合いは、答えのない問いをもってショック（焔）を引き起こそうとする謎かけ競技のようなものだった。掴みどころのない問答の歓びである。そこから肉体の奥底に生まれるのは耳を聾するばかりの沈黙（サンスクリット語ではブラーマン〔バラモン〕）の超越性である。

*

実体の諸相には、ほかの相がえられないという理由で、あるいはそのときだけ到達しうるという種類のものがある。

眼をひらいた状態では、オルガスムスはえられない。
視野にxがあると、yが見えない。
耳にyが聞こえると、xが聞こえない。
嗅ぎ分けるひとは味わっていない。
聴く人には跳躍はできない。
立っていては眠れない。
自分のことを思うようでは、ほかの誰かは愛せない。

*

第三十章　事物の概念について

　われわれは胎児《フエチュス》という言い方をするが、古代ローマ人は同じものをコンセプトゥスと呼ぶのを好んだ。母親の腹のなかの胎児を撮影した数々のカラー写真には、どれを見ても独自の皮袋のなかに縮こまる小生物の姿がうつっている。ラテン語でコンセプトゥスと呼ばれるこの小さな存在は、自分たちの子宮《ウテルス》に身を縮めているのである。そのごく小さな体は屈曲し、腕は縮こまり、足はこわばり、眼は閉じている。そのようにして羊水のなかにある胎 児《コンセプトゥス》は、幾重にも皺が折り重なる瞼をもって夢みる存在のようにふるまうのだ。胎児は自分たちの顔を両生綱の半透明な指で覆って保護する。そのようなものが、だからコンセプトだということになるのである。

　マクロビウス〔古代ローマの文献学者、哲学者〕は、知的表象が具体化をもとめて、経験豊富な人間精神の奥底で独自の議論を展開しようとする姿を、母の腹のなか、長いこと閉ざされ、ほとんど水液を漏らさぬ状態にある密閉皮嚢の内部にある生ぬるい幸福に満ちた液体に浸かって、器官の成長、拡張、分化をくわだてる胎内のちいさな体にたとえる議論を延々とくりひろげている。

ノエシスはコンセプトを出現させる技である（hē noetikē technē）。産婆術は出産の技である（hē maieutikē technē）。ギリシア語の派生語マイエウマは新生児を意味する。ノエマが思考内容を意味するのと重なり合う。ギリシア語ノエマは、こうしてラテン語コンセプトゥスとなり、フランス語コンセプトとなる。思考内容とは、精神が懐胎するものだというわけである。

*

マイエウシスは女たちが体験する分娩――ただ単にこの世に送り出すというだけではなく日の光のなかに送り出す――という、かくも衝撃的な能動的変貌を指し示すものであり、それは社会的な再生産そのものでもある。マイエウシスは人間社会を新たにつくりかえるものであるとともに、出産の苦しみ、気息《プネウマ》と音響と血をもって侵入する暴力を意味する。これはノエシスが、思考の注意集中を指し示し、つねに二つの敵対的な命題が対立しつづける悲劇的な分裂と心的な緊張を意味するのと同じだ。

マイエウトリアは産婆を「知恵」の女《サージュ・ファム》と名づけ、この奇妙な知恵は、出発点からして哲学者すなわち「愛する智者《フィロ＝ソフオス》」に含まれる「智《サージュ》」に関係している。ソクラテスによって産婆、すなわち智の女が選び出されたのは、彼の実母がそうだったからだが、あの「智を愛する者」は、まさしく起源そのもののようにして（生殖以前にさかのぼる発生論）、彼の父親が彫る仕事をしていたことには言及せずにいた。というのも言語以前の象徴論が存在するのだ。二つの道がある。すなわち形象《イメージ》と言葉であり、それは男女に分かれる人類の性別化の果《かて》として二つの世界があるようなものだ。ラテン語では石の石《サクス》であり、これが区分《セクチオ》の奥底にあって、人類をその二つの性そのもの、いっぽうは凹に、もういっぽうは凸に、たえず対峙するものに分割する。〈以前〉に先だって性の〈往古〉がある。そのあとに〈以前〉がくる（肺をもつ第二世界の内部／外部の分裂に先立って）。それが第一世界だ。それは包み込む容器としての母だ。それから〈指示対象《レフエラン》〉があり（言葉が話されるようになり記号表現《シニフイアン》／記号内容《シニフイエ》が分化するのに先だって）、それが失われた母だ。別の身体としての母、第二世界における客体としての母であり、誕生と呼吸の息を得る以前の叫びのあとにくるものなのだ。このようにして投影的な自己認識が最初の思考ということになるだろう。それはノエマである以前にノエシスなのである。それは失われるものの追跡である。失って敗者となった原因の追求。包まれていたものが〈包んでいたもの〉に、〈滋養をあたえてくれるもの〉に、〈母〉に、母の乳房に、母の滋養に、母の思慕に、母の往古に自己投影をする。

＊

聖トマス・アクィナスの著作においてはじめて——一二七三年に彼の思考が機能を停止する前のことだが——コンセプトゥスは母の体内での懐胎期間から離れて別の道をあゆみはじめる。コンセプトゥスなる語はいったん書き記されたあとは解体され、語源探索へとむかう。逆説的だが、語源を探索し、構成単位に分解され、みずからを考古の対象としつつ、この語はひっくり返されるのだ。トマス・アクィナスは Con-ceptus con-capit と書いている。一緒につかまえられたものが、一緒につかまえる、というわけである。概念は（相異なる要素をただひとつの様態のもとに）集約する。したがって概念は、幻覚的な出自を忘却し、自己を完全なままでに志向的で有効なものとみなし、外部世界に発するものではなく、精神のなかに生まれ、それまでたがいに組み合わされたことのない要素を凝縮する起源の思考の一体性として定義されることになる。トマス・アクィナスは『信仰の諸根拠について』第三巻で次のように補足している。知性《インテリゲレ》は理解しようとつとめるとき、いわば自分の子供《プロレス》であるようなもの、またそれだからこそ思考の胎児《コンセプトゥス・メンティス》と呼ばれる知的なものをつくりあげることになる。

＊

いかなる思念も、われわれ自身の所有物ではない。われわれの身体の源にわれわれがいるわけではなく、われわれの幻覚の源にわれわれ自身があるのではなく、われわれ自身は自分に願いを捧げるわけでなければ、われわれは欲望の主人でも、欲望を飼い慣らすものでもない、すべておなじ事柄である。いくら努力してみても、額に刻まれる皺、眉をつりあげるときの動き、目配せの連帯感、注意、熱意などは、意志ではどうにもならない性質をおびている。それらは他所からやってくるのだ。それらは〈対象《レフェラン》〉から派生するのである。思考は、始まりの象徴作用から出発して、たえず絆をつくりつづける。読む《レゲレ》はつながる《レレゲレ》である。ロゴス、もしくはレリギオ、それは失われたものとの絆をふたたびつくりあげることだ。

「あなたは何を考えているのか」

「とくに何も」

たしかに何を考えているのか言いがたいのは、失われたものがあって、これと一緒に考えているからである。

「誰のことを考えているのか」

「特定のものは何も。というのも私はそれを失ってしまったからだ。考えているのは、私のうちにあって失われたもの」

ノエシスが自分自身のノエマとなりえないのは、分娩が新生児ではないのとおなじである。

第三十一章　思考の感性論

思考の感覚（ギリシア語ではアイステーシス）というべきものが存在する。ノジャンのギベール道士いわく、思考は感覚のひとつであり、魂に帰属する嗅覚であったり、世界の内部にあって独自の触知をなす触覚であったりするという。ノエシスは自分独自の何かを感じとり、自分独自の何かを呼び出し、自分独自の何かと関係をもちはじめ、自分独自のもののなかで成長をとげ、自分独自の隠れ家に身を丸めて入り、あるいは卵がポケットのなかに隠れた秘密の部分となっているように、秘密の部分をなすポケットにしがみつく。ノエシスは独自の幻覚をはぐくむに都合のよい隠れ家を築き、おのれの出自の起源にあったはずの性愛のオルガスムスを甦らせようとする。

思考の名に値する思考は、すべて暗闇に生じる短絡《ショート》のようなものだといってよい。手を額にあてるのは目を隠すためである。瞼に皺ができ、瞼が捲れあがり、襞が生じる。額にも皺ができる。内的な生とは、一本の線が描くこのような曲線であり、曲線はみずから円環をかたちづくり（意識、退行、罪悪感）、また突如として、反対方向の負荷がかかる二本の糸（思考、啓示）のように自分と触れ合う。

この思考の懐胎《コンセプティオ》は、それゆえに、習得言語の心的循環と比べてみると「より短い」循環の存在を指し示す。

「短」絡とは何か。短絡とは突如として生じる驚くべき、ほとんど演繹不可能な接触であり、この接触が伝達をなす。

驚くべき、不意の、予見不可能な接触、伝達する接触とは何か。交尾である。交尾の際に、両性の接触は、時間的には完全に萌芽状態にあるもの、空間的には概念なるものを生み出す。交尾とは、人間の体をその起源において懐胎することなのだ。

初源のファンタスムをなす、合体する＝合体される（coire-coïtare）作用は、子供のコギトの奥底に生じる最初の共＝動《コアジタシオン》である。

そこで問題となっているのは初源の活動への合流であり、そこではこの操作の隠匿、そしてまた、その目的の予見不可能性のもとに、即興的にすべての作業がなされる。

ただし、生殖も誕生もあのダイレクトな交流をなしてはいない。生まれ出る、そして考える、という行為が、両者ともに第一世界が暴力的に奪われるにあたって、時をおなじくして生じるのに対して、生殖と誕生はけっして同時的ではない。

それにまた、このように人間にとっての不可能事（勃起、生殖、懐胎、分娩、降誕などのあいだには同時性がありえないこと）が、聖母マリアは処女であり、天空から舞い降りる神的な「コンセプトゥス」の処女「懐胎」が生じたとする発想を支配している。

この神話は神的存在にかかわるものであるが、初源と時をおなじくした誕生を夢想する。

われわれ各自の存在条件にあって、胎生が同期を解体する中核となる。われわれには二種類の生があり、われわれは二つの世界に生きている。同期の解体、それこそが時の試練をなす。そして、われわれは逆向きに進むのである。われわれは雷鳴《トニトルア》から稲妻《フルグラ》へと移行する予告の兆である。雷の一撃から出発して、あふれそぐ光のもとに移動する。影の王国から光の王国へと移るのだ。変身という以上に思考に捧げられた本書において、これで三度目になるが、思想家＝小説家アープレーイユスにまた出会う。ここでもまたアープレーイユスが――一五七年、カルタゴでのことだが――、「ヴィヴィパルス」なるラテン語の形容詞をつくりだすのである。アテナイの人びとが用いていた「ゾオトコス」という形容詞を翻訳しようとして胎生動物《ヴィヴィパール》という語をつくったのだと彼は語っている。

　われわれの二種類の生の大元にある幻の光景には、これに独自のリズムを付与する二つのモーメントがある。第一のモーメントはノエマである。われわれの身体の派生の源にある不可視の男女合一の力を強めること。第二のモーメントはノエシスである。思考の努力が《Issir》〔「生まれる」を意味する古フランス語〕を、〈降誕〉を再動員する（キリスト教徒における降誕祭、古代ローマ人における農耕神マルス）。懐胎に先立つ初源を想定し、誕生に先立つ懐胎を想定する場合、自分こそが起源だと夢想する能動的な先行性にいかなる名をあたえるのかは重要ではない。生《なま》の状態にある思考、生々しい思考が指し示す逆説《パラドクス》とは、先行する世界から離れるものがあるという考えだ。ドクサと訣別するドクサ。ノエシスに挑むノエマ。電流ショートに似た何かが生じ、通常の、定石通りの、慣習的な、伝統的な、予見可能な継起を飛び越える展開があることを逆説はしめしているのである。論理的な連続――もしくは飽きることなく繰り返される、マニアックで、典礼的なモラル――は切断され、この電流ショートに似たものが聴き入るものの魂を奪う。ノエモンはウェルギリウスの『アエネーイス』第九歌七六七に登場する戦士の名である。ノエモンの名を書き記すと、日本古来の説話にあって、自分を殺した敵《かたき》を追いかけて闇の世界をさまよう亡霊じみた主人公の名を書き写している気分になる。考える者が全身で戦闘に臨み、これが悲劇的な様相をおびるのは、二つの世界をふたたび同期させようとする絶望的な努力が必要だからである。思考は古き抱擁を引き継ぐ。つまりその抱擁とは初源の二者の対峙なのだが、これは思いがけないオルガスムスの到来が招く自己消滅をもって幕となる。

　火山の斜面という危険に身をおくアルキメデスにつづく探究者すべてが探る「我発見セリ」の不定過去は、可視的世界の背後にひそむあの不可視の光景を果てしなく反復しつづけるのだが、その光景はまず目視などできる種類のものではなく、ある日突然のようにして、爆撃を受け、あるいは火災にみまわれた都市の廃墟にあって、夢、ファンタスム、思念として洩れ出だすのである。

　カタストロフに直面し、奇妙にも、ほかの何よりも死を望むというかのように、破滅的な快楽が昂まり、魂にあふれだす。

*

　プラトンは『第七書簡』三四一dで次のように書いている。急に炎が燃えあがると、まばゆい光がほとばしるようにして、日々を、季節を、歳月をかさねて内的体験が育ててきた果実としての思考の光に存在は照らし出される。

〈不意の一撃〉の前提となるのは満たされぬ勃起であり、夢は陰画であるかのように、影《イメージ》をもたらすだけで、本体の欠落があきらかになる。

　プラトンが好んだ「突然」を意味するギリシア語の副詞エクサイフネスは、まさに幸福に相当する第三のジャンルの認識《インサイト》へと通じる時間的指標である。合一の歓び。

　ノエシス的な内観にあって、性的快楽が迫る予感がそうであるように、時間は加速する。

　意識でも予感でも、理解把握はどのようなものでも時間を「突然」つかみとる。このようにニューロン組織が新たな関係を築く瞬間、思考には、空間内の速度体験に比すべき時間体験が生じる。脳は頭蓋内部にこの突然のすばやさを深く感じ取るのだが、場合によっては、これをきっかけに内的世界の通奏低音（心臓のリズム）に変化が生じかねない。

Was heisst Denken?（思惟とは何の謂いか）〔ドイツ語になっているのは、ハイデガーの名高い著作のタイトルが念頭におかれているのだろう〕。それはひとつの自然学である。思考にかんする驚異的な自然学が存在するのだ。カール・ビューラーは、餌をさがす過程で独占の新たな解決法を突如として見出す動物には、反省、そして中断、跳躍、さらには興奮状態へといたる思考体験があるとして、これをアハ体験と名づけている。本能ではなく、ある種の「我発見セリ」が問題となっているわけだ。いわば〈往古〉に類するものを出発点として獣は襲いかかる。おなじく、アルキメデスは不定過去の叫びをあげ、いきなり襲いかかる（発見の興奮のせいで彼の体は舞い上がり、その発見をまずは書きとめて記憶する段階があり、この発見を理解できそうな人びとすべてに伝達するのはそのあとの話なのだ）。方向が定まっていないものから、突如として一定の方向への流れが生じる――方向決定がなされて流れが急に加速する。そこから場の極性化というべき速度の効果が生まれる。興奮によって性器はそそりたち、充血し、心臓の鼓動が早まる（脈拍はラテン語では pulsio、フランス語では pouls となる）。意識の奥底で未曾有の何かが出現し、全速力でニューロンからニューロンへと駆け抜け、古い要素を運び去って組み替えがなされる。このようにしてノエシス的活動は、魂の真正なる情動となるに先立って、すでに原動力としてはたらいているのである。

*

嵐がまきおこるとともに天空の暗闇に生じる雷光は、この原動力のもうひとつの主要な比喩をなしている。それこそまさしく壮大なる自然学なのである。まさにそのつど更新される美、予見不可能だが、確実な美だといってよい。山の頂きから頂きへと駆け抜ける雷光。頭蓋の暗闇にほとばしる稲妻の輝き。外的要素が偶然に燃え上がり明るみにでることによる顕現。

自己の内部に嵌入する神性は、逐語的にギリシア語にすると、エントゥシアスモス（神充）になる。神が自己の内部に肉体化されるということだ。他なるものが内的世界に侵入するありさまは、まさに生まれ落ちる瞬間、空気が一撃のもとに（産声とともに）一気に体のすみずみまで送りこまれるありさまに似ている。

予見不可能性は不調和（魚と空気）と結合し、新たな土台（泳ぎの彼方に、二本足で立って全速力で駆け抜ける姿勢）のうえに突如として同期が生じる。それはまさしく移゠送《トランスポール》そのものである。それがメタ゠フォラと呼ばれる事柄なのだ。他所からきた二種類の要素があたかも初源にあるかのようにして暴力的に象゠徴化をおこなう。予見不可能なものが、容器内のもののようにして、先立つ時間に呑み込まれる。それが転゠移なのである。革袋に水が入って膨らむように、それは体が許容する体積の隅々にまで入り込む。

ノエシスのなかに突如として——エクサイフネス——浮かび上がるのはメタノエシス（絶対者）である。ギリシア語「メタノイア」はプシュケーの方向転換、精神の急激な変化と訳すことができる。改宗者、立法者、洗礼者ヨハネがヨルダン川に臨み、神の御体を第一世界の水に浸して説いた教えの意味もそこにある。ギリシア語にすると、ヨハネはこうした洗礼を「メタノイア」と呼んでいる。そこでまたしても姿をあらわすのは、本書の冒頭に登場したラコルドゥス王、水の上で足を宙に浮かせたままの王なのである。ギリシア語だとエポケーということになる。ラテン語だとススペンシオとなる。ラコルドゥス王はアポリアに絡め取られる。イエスの出現によって電流ショートは完璧なものとなる。ラコルドゥス王は洗礼を思いとどまる。イエスは水に身を浸す。このメタノイア（この彼方の思惟）は、ラテン語に訳すと「コン＝ヴェルシオ」になる。新たな思想は回心《コンヴェルシオン》であると同時に生まれ変わり《ルネサンス》でもある。「回心せる者」は生まれ変わって別の生をはじめる。こうしてふたたび子供のように、ふたたび生まれ出る者のように、ふたたび生まれ出た者のようになるのだ。そのひとが体験する悦楽はあくまでも内的なものである。この悦楽は神に充たされた《エントウジアスト》ものである。この内部にむかう悦楽は、タントラ僧が二千年の長きにわたって、チベットの山奥の洞窟にこもり勇壮な表現をもって書き記してきた生殖の充足ぬきの悦楽なのである。プシュケーの内部にむかう快楽、突如として脳へと上昇するスペルマ。体の初源を体のなかに探求する自閉的エロスの無限の探求。アポリアの空無の待ち伏せ。終着点のない知的探求心。この説明不可能なニルヴァナの物乞い状態、すなわち師に寄り添う新参者のあくことなき探求はそのようなものであり、そのとき新参者のプシュケーは空っぽの状態になっている。

*

ラテン語の動詞コギトは actus mentis co-agans in lingua（言語を介して協働する心的活動）というかたちに分解できる。この場合のプシュケー（肉体に生をもたらす呼吸の息）と言語（話される言語はプシュケーの誕生との関係からすると非同期的なあり方をもって獲得される）の内的な協働は、思考、書字、錯乱などの基盤となるが、それは多大な労力を払って獲得された国語と協働化された夢、つまり思考と電流ショートを発生させ、内的世界からあふれだし、知覚、幻覚、夢遊状態、狂った行動、真理そのもの、行為に移る確信などに流れ込む夢のようなものである。

肉体内部に生じる言語を介した協働《コアジタシオン》、それは何よりもまず夢想と思惟作用の中間地点に身をおく思考全体に相当するものである。子供の脳は、長い時間をかけ、困難に直面しつつ、言語へとみずからを向け直し、子供になるように、言語から生まれる世界を信じ始めるように、偶然の遊戯に身をまかせて成長するようにして、夢を延長し、遺伝から抜け出すというのでなくとも、少なくとも遺伝的プログラミングの拘束をゆるめ、まったく新たな感覚性（精神）を創出し、結合を通じて一体化をもくろむ知的探求心を作動させ（知性《アンテリジャンス》の基盤をなすあいだの読解《インテル＝レゲレ》）、現実の背後にある全体的なるものの認識を要請し（時間の断片をつぎあわす母）、さまざまな行為の背後に統一性があると妄想し（力、ダイモン、精神、魂）、脳が抑圧する時間の構成要素のための滞留地を組織し（記憶）、まず筋肉にかんする、次に視覚にかんする、最終的には言語と記憶にかんする体験をたえず再統合しようとこころみる（意識）。

ウィニコット〔『遊びと現実』で知られるイギリスの小児科医、精神分析医〕は未統合は解体とは明確に異なる状態だと考えていた。前者は快楽の体験だと彼には思われた（孤独、撞着的思考）。後者についてはそうは考えていない（放擲、錯乱的混乱）。フロイトの場合だと、絆をもたぬものすべては苦しんでいるということになる。こうして親の喪失から生じる後遺症のすべては、いかなる種類のものであれ、メランコリーの原因になると彼には思われたのである。ドゥルーズもフロイトと同様の考え方をしている。カオスはすべて不安につながり、哲学だけがまともだというわけだ。果たしてそうなのだろうかと大いに疑問だ。新たな概念《コンセプトゥス》を統合する思考独自の快楽《ラエティティア》があるとすれば、解体がもたらす狂った歓喜もあるはずだ。道なきもの、出口なきもの、アポロス、疑わしきもの、不確かなもの、曖昧なものによってもたらされるエクスタシスがあるはずなのだ。絶対者《メタノエシス》といってよいものだ。知への意志、行為へと移行するとともに、動物の原初的な誰何《すいか》の呼び声と果てしなくつづく獲物の待ち伏せを確実にうけつぐもの。

まさにこの歓喜こそが私を哲学とは別の道へと導いたのだ。

読書は自分を解体して他者になるところに生まれる。まず困難をともなう解体があり（小説の内部に「入り込む」必要がある）、これにつづいて読書のなかで驚異的な一体化が生じる（もう読むのをやめられなくなる)。

もはや読書の内部ではなく、自然の内部で、観想《テオリア》に深く入り込むとともにエクスタシスが生じ、それまで個体に結びついていた身体は自分が見つめる対象の一部となる。

自然は人間世界に憾みを抱いていると考えた人間はコレットだけだ。言語的世界に対して原初的大地が感覚的異議申し立てをしていると考えたのは彼女だけなのだ。自然的要素、植物、昆虫、甲殻類、魚、そしてありとあらゆる動物相など、男でも女でも人間の餌食にされて殲滅されたものたちの悲嘆は、その声が聞こえなくても根源的だ。お伽噺に登場する恐ろしい人食い鬼とは、地表いたるところに巨大なひろがりをもって棲息する人類のことなのだ。餓えは引き裂く。欲望は結び合わせる、いやむしろ、関係の絆は快楽に先立って存在しているのであり、欲望の緊張が方向をさだめ、関係の絆をむすびあわせるのに対して、快楽をともなう射精のなかで交尾は破裂する。交尾はニューロン的関係の水源であり、さらには言語的関係の水源である(こうした諸々の関係を宿す身体の水源でもある)。結び合わせるものが興奮を持続させ、感覚作用をたしかなものにし、カオス的な苦痛をやわらげるのは、関係する相手とともに、目指す方向であるはずの快楽に向かうためであり、最後はカオス状態がまたそこに生じる。オルガスムスは完全に解き放つ。

*

ドイツ語 nachträglich は事後的という意味の言葉である。精神分析的な体験に特有の性格はこの「いきなり生じる事後性」にある。というのも、この「いきなり生じる事後性」こそが「かつて体験されたすべてを一撃のもとに突如として考え直す」ことの意味だからである。言語の外側ではなく、言語の内側で、話される言語ではなく書かれる言語をもって考え直すこの試み、それこそが文学なのである。真の意味で作品と呼ぶに値するものは、語られたものをことごとく考え直し、息を切らし、息をつまらせ、圧殺され、絞め殺され、息の絶えたものをすべて生き返らせる。

ジークムント・フロイトによれば、第一の契機はただ単に非合理で理解されないものというだけではなく、肉体の奥底で、身柄と財産の双方にわたって、難破し続けるものなのである。こうして第一の契機がふたたび波間に、あるいは暗い影、あるいは苦痛、あるいは沈黙から突如として浮上するには、第二の契機が必要となる。恋愛における雷の一撃ともいうべき一目惚れはこの第二の契機の名である。この第二の契機は突如として初源の内在性――融合の内在性といってもよい――に触れなおす。ジャック・ラカンによれば、象徴界から追いやられたものが現実界に再浮上するのである。どちらの場合も、第一の契機は不在である。つまりフロイトの場合は記憶であり、ラカンの場合は象徴化である。彼らの意図に寄り添って、より正確な用語を用いるならば、フロイトの場合の「回顧的幻想／系統発生的幻想」(Zurückphantasieren)、ラカンの場合の「排除／閉出／去勢」(forclusion)が、言語活動に先立つ地点にあって、あの何重にも折り重なる波を考えようとしている。前進であるとともに退行であるようなもの。最初の王国にして最後の王国。

反復する時間とかつての時間

突如の一撃と一撃後。

空無から充溢への移行。充溢から空無への移行。妄想を遊戯に変え、研究を廃墟の遺跡にまで押し進めることができる。

妄想を再読へと。

＊

全身全霊をあげて思惟を生きるために思惟の内部にたまたま入り込んでしまった人間が何人かいたということなのだろうか。欲望世界のあとには刺激に反応しない時期が訪れ、さらに鬱の状態がこれにくわわり、救いようのない状態に対峙する。救いがない者《ヒルフロス》、意味を見失った者《アポロス》、マゾヒスト、傷病兵、躁鬱気質の人間など、ほとんど裸の目で現実を見つめる者がいる。空虚さ《エンプティネス》。荘子、ヘラクレイトス、ゴルギアス、オウィディウス、ペトロニウス、アープレーイユス、アベラール、ペトラルカ、モンテーニュ、デカルト、ラ・フォンテーヌ、スピノザ、ルソー、バタイユ、これらの人びとはみな、いわば内部に巻き込む形式なるものを創出しえたのだ。彼らはみな、このように空無の襞に身を畳み込むことを余儀なくされた。彼らの大部分は、社会的役割の面では完全に職務を離れざるをえなかった。なかには自殺に追い込まれた者がいたし、社会から追放された者、亡命した者がいた。これらの人びとが属していた集団は、自分たちの体にあわせて裁断した社会性の欠如という伝説の衣をもって彼らを否定しにかかったのである。隠遁者の「生」というわけだ。ヘラクレイトスは子供たちに石を投げられ山中に逃れた。ルクレティウスは愛に傷つき涙にくれて自害した。モンテーニュは自分に何人の娘がいるのかを知らず、ルソーは自分の子供に名前もあたえずに彼らを見捨て、バタイユは妻と娘をラカンに贈与する。スピノザはアムステルダムのユダヤ教会の手で破門され、最も親しい友人たちにも『エチカ』を披露できず、たぶんフランス人によって殺されたのだろう。ペトロニウスは皇帝の命によって自殺に追い込まれた。アベラールは去勢され、彼の著作は燃やされた。オウィディウスは流刑の宣告を受け、ドナウ河が滔々と黒海に流れ込むあたり、人間の住む世界の果てに追放され、塔に幽閉された。デカルトはフランスの哲学者のなかでも最もフランス的でなく、また最良の哲学者の部類に属するが、生涯を通じてフランスの地を離れて暮らし、雪の中で死んだ。

第三十二章　思考の放射熱について

ため息をつく人びとの話を聞いてみなさい。ため息をつく、それは魂の内奥にある蝋燭の焔を吹き消すことだ。

フロイトは、心的生活には主として興奮の緊張を解消にむかわせる傾向がある、と書いた。そのときフロイトはウィーンの書斎にあって、さしたる理由もなしに、ニルヴァナというサンスクリット語を用いている。消滅。これは仏教用語である。鼻をかむように焔を消す。苦痛、思い込み、欲望を根から絶つ。ただし、フロイトの言っていることは正しいのだろうか。

私には確信がもてない。

緊張を求めるのもまた真の情念の姿のひとつである。快楽を遠ざけることは誰にでもできる。自分の死を、刺激への無反応を、快楽に満足をえた肉体をおそう吐き気を遠ざけることはできる。みずからを勃起の、飢えの、警戒の、欲望の、極度の緊張の神々になぞらえることはできる。猫は神経の緊張を好む。それは、暖かさ、波動、電流のようにして、猫をひきよせるのだ。じっと動かず、不安げに神経を尖らせる者たち――あるいはまたとない驚きを抱いて自分自身の死に近寄る者たちにも、猫は否応なくひきよせられる。震える指を鉛筆の尖端にあて、強い集中力をもって沈黙のなかに言葉を探し、文に秩序をもたらそうとする者たちの体に猫は飛び乗る。いまだなおはっきりとは掴みきれないでいる対象をぼんやり考えていると、その体に猫はもたれかかって寝そべる。緊張、欲望が昂まり、エネルギーが集中すると、その磁力によって精神的活動が活性化することもあいまって、黙ったままこれらの変化を体験する者の体へと猫は近寄ってゆく。陽光が棚のうえの日だまりの部分に猫を引き寄せ、すぐさまそこに体をすべりこませるように。あるいは屋根の端っこの葉陰のあいだに光がさしこんで輝いているあたりにゆくのかもしれない。そこに寝そべるのは、暖炉の火のそばにいるのと同じくらい気持ちがよく、奇妙なことだが、暖炉の火は屋根瓦、スレート、本のページ、あるいは人間のように見えるのだ。というのも、作家が猫を好むのでも、猫が作家を好むのでもない。猫は思惟を好むのだ。

*

夜が終わろうとする頃、猫がクッションを離れ、台所の暗がりのなかで、タイル張りの赤い床の上に光っている水を容れた椀には目もくれず、ドライフードを入れた器には気がつかないのか、そのまま素通りし、寝室に通じる階段のステップを和毛《にこげ》の四肢を動かしてのぼり、額でドアを押したり、足先でノブを引いたりしても、ベッドに飛び上がりはしないし、飼い主を起こそうとして胴体を足でもんだりすることがあると、毎朝明け方になって痛みや不快感があるはずだが、実際にはそんなこともしない。猫はかなり遠く離れた場所にいながら、そろそろ眠りがさめる頃だと察知するのである。思考の暖房装置《ラジエーター》にスイッチが入るのを感じ取り、主人が眠ったふりをしたり、起きなければならないのにぐずぐずしたりするのが許せない。そのとき脳から脳へとニューロンの接続が生じる。意味作用から意味作用への接続ではない。脳活動から脳活動への接続なのだ。離れたところにいても猫は目覚めの電流を感知する（室内に誰かがいると感じるよりも前に）。猫は受信する。（たとえば、台所から書斎へと移動し、猫は離れたところから認知して、そっと歩いてくる。）猫は最も思考がヒートアップしているところへとむかう。知力の集中は猫の体のゆるやかな動きを呼び起こすのだ。飼い主の知的活動、あるいはほかの猫の知的活動、あるいはどんな動物であっても（怯える小さな野ネズミ、身を震わすリス）その知的活動は磁極のように猫をひきつける。それは猫を幸福にする思考のざわめきである（ラテン語ではコアギタチオのエモチオ、ギリシア語ではノエシスのエネルゲイアとなる）。思考の中身（ノエマ）などに猫の関心はない。自分とは別の身体の電流の活性化は、熱くなった陶製の鍋、大きな鋳物の暖房装置を思わせるものであり、これに水が循環し沸騰する音が聞こえるくらい近くにいると猫も安心するのだ。そばにいると猫は緊張を感じとり、関係の糸が結び直される。猫が肘を床につけたり、両手の先をそろえたり、体を丸めたり、伸びをしたりして、母親の腹のなかにいるようにして、安心して眠れるのは、強力な意識の集中をもって保護してくれるものがそばにいるからだ。

*

愚かさはなにも動物に特有のものというわけではない。動物は愚かではない。動物は瞬間的で、敏捷であり、反射神経にすぐれ、舞踏の才にめぐまれているので、どれだけ距離があっても、本能を上回って、あるいはまた本能に反して、愚かさが表にあらわれることはない。愚かさは、もうこれ以上動物ではいたくないと思う動物の人間化の根拠をときあかす。愚かさは、人間がその大元のところでどんな存在であるのかを思わず明らかにするような残留物であって、これが溶けて消えることはない。愚かさはひっきりなしに生じる。それは過去から切れ目なく逆戻りする遺物であるとともに、消えない歪曲の証拠でもある。愚かさは人間にとりついて離れない。人間は何としてでも消そうとしても自分は愚かではないと言い張る。愚かさは自分の出自を恥じる感情であり、粗野で血なまぐさく野蛮で動物的で飢えていて殺人的なものなのである。

学知とは、神話そのもの以上に仮説的な伝説が湧き出す泉にあたるものである。われわれの頭脳には、過去のすべての動物性の段階が堆積している。太古的《アルカイック》ともいわれる脳には紀元前に遡って五億年の歴史があるのだ。本能の脳、あるいはさまざまな機能をもつ脳。それは魚の、蛙の、亀の脳である。この場合の脳は、心臓機能によって、それから呼吸機能によって、それから栄養摂取機能によって、それから生殖機能によって、環境に反応する。

旧哺乳類脳と呼ばれるものには一億八千万年の歴史がある。それは不安をもって環境に反応し、やがて死の眠りが訪れるまで、睡眠と呼ばれる周期的な死をもって不安に反応する。この不安にいろどられた生は身体を疲労させる覚醒のリズムによってコントロールされ、一定のリズムをもって身体を眠りに投げ込むことで疲労回復がはかられる。身体が最初に体験する動きと情動は、攻撃、逃走、集団への服従、夢への逃避である。

新皮質と呼ばれる皮質はこれよりもずっと後のものであり、（五感、六感、七感、八感によって）外部世界からもたらされる情報および（フィードバックあるいは記憶の力で）内部世界から送られてくる情報を処理する。新皮質は夢と夜に属する。それは思考、言語、記憶、意識、嘘、秘密がやどる場である。高度に発達した哺乳動物における大脳機能の局在化および人間における文節言語の獲得は、右利きの者の右の半皮質を時間の知覚（統合）に特化したものとした。これに対して脳の左半球は言語、論理、象徴作用の機能に特化したものとなった（分析）。こうしてリズム、持続、大いなる時は、獲得言語が把握できないものになったのである。攻撃、波、リズム、波動、変調がダイレクトに到達するのは右脳、つまり太古の古い脳だけ――言葉を語らず夢想し、歌い、カワカマス、鯉、ウツボのように、体のうえを流れ、体に重くのしかかり、体をつつみこみ、授乳のように流れ込む水流を追いかける往古の古き音楽家だけである。このように身体は現に活動している初源のアーカイヴとなっているのだ。このようにして、脳は活動の個々の瞬間にあって、変貌の流れを三分割する不定過去を作動させる。われわれの遺伝子は往古の記憶をとどめている。われわれの個々の細胞の化学的組成は始原の海とつながっている。われわれを生みだした環境はわれわれという個の内部にあってその奇妙な方言を語っている。

そんなわけで私としては、過去よりもずっとアクチュアルなものとしての〈往古〉をもちださねばならなかったのだ。

過去とは何なのだろうか。宇宙である。言語を媒介とする問いかけが始まる以前に、宇宙がもたらす応答はアポステリオリ（nachträglich）にどのような問いがあったのかを教えるのだが、それは往古の問いである。眠りが往古だとすれば、記憶は過去である。進化の神秘的な後遺症。内容の濃い、無意識の、ありそうもない眠りの体験。生殖の再プログラム化と魔術的なカオスの謎めいた局面。過去の行為ではなく、初源がアクチュアルなものを再活性化する。往古は過去を洗い清めるために毎晩身体を訪れる。

時間的順序にあって、〈人間の歴史〉は反復強迫の恐ろしい顔の一面にすぎない。だが、往古には歴史がないのだ。往古はつねに始まりを始める。系統発生は大量の水で個体発生を洗いつくし、台座の先端部分にいたるまでもれなく隅々を洗浄し、家具を置き直し、カーペットを取り外す。

初源は歴史を洗い清める。獣性が愚かさを洗浄するように。

ひとは愛が終わるたびに過去をとりかえる。魂は別の魂の挿話に自分を適合させるようにはたらき、肉体のほうは衝撃的な生殖器の剥き出しの姿に別の肉体を見出す。その裸の姿が呼び出す新たな特別な欲望に導かれ、そしてまた不変の知的欲求に我を忘れるばかりだ。

水のなかで、水にもぐって、水から出て、初源の暗がりのなかで聞いた響きのない最初の声の古き魔法の歌、それを魂は別の人間の魂のなかに見出す。

＊

一八三〇年代、モレ首相辞任につづく暴動の時期にあって、『墓の彼方の回想』の著者である比類なきシャトーブリアンは「年老いた魔術師」という名で呼ばれていた。それは言語が獲得されると同時に生まれる愛だった。誰もが自分の人生をじつに多様な姿が語りはじめることに新しさがあった。そのつど生じるこの場合の魔術は、その大気の転調よりもずっと古い歌を下敷にして、これをふたたび魔術的な歌に変えようとするものだった。もとにあるのは、いかなる人間の言語よりも古い歌だったのだ。

＊

小説家は小説を書くたびに過去をとりかえる。

過去の本質とはそのようなものだ。過去は変化する。これに対して往古は誰にも変えられない。往古には変化の機会がない。往古は繰り返し果てしなくたちあらわれる。

*

オイディプス王のように、交叉路の中央に立ちすくみ、どちらの道を選んだらよいのかわからずにいる。

ラコルドゥス王のように、洗礼盤を前にして立ちすくみ、祖霊の身の上に思いをめぐらす。

思考におけるエポケーとは、哲学的反省においてこの語が獲得した意味、すなわち判断を「宙吊りにする」という意味を第一義とするものではない。エポケーとはなによりもまず、初源のアポリアのなかにとどまることにある。手がかりのないものに手がかりを求めつづけることにある。それは求めつづけることでドグマにあらがうことである。

アリストテレスが『形而上学』九九五a三五で語るのは、「判断を宙吊りにする」のではなく、「難関《アポリア》に入ってこれを究明しておく」ことなのである。思考を瞑想という意味にとるならば、アポリアに入って不可能な状況を観想するということになる。思考する者は頑ななまでに驚異《タウマゼイン》を離れようとはしない。天空の嵐に関係するこの驚きの作用は観想そのものである。化石化した驚きの動き、根源をなす理解不可能の感覚、それは智慧以上のもの、揺るぎないエクスタシスである。

だが、この逸脱と離脱の動きによって姿を変えることなく現実的なるものに立ち戻るにはどのようにしたらよいのだろうか。

帰属の糸をたちきり、「帰属しない」で戻ってくるにはどうしたらよいのだろうか。

懐疑論はアテナイの古代ギリシア人たちの哲学にはもともとなかったものだ。

古代世界における懐疑論は、地中海地方の商店の軒先にその姿があった古代インド人の仏教の直系である。力の拮抗対立《イソステネイア》という快楽は、万人向けのものではなかった。それは議論をたたかわせて優劣をきそい、さらには優劣を消滅させてしまう快楽なのだ。アポリアの快楽は失語症《アファジア》にある。もはや判断せず、もはや非難せず、もはや確証しない、それは智慧《サトリ》である。

*

東方世界がエクスタシスの悦楽に身をまかせるのに対して、西方世界は鬱に沈みこむ。〈無念無想〉（Sans ressource）が突然の魂の解放《ニルヴァナ》となるのに対して、〈救いなき〉（Sans secours）はまさしく悲嘆と感じられる。〈無感動〉（Acedia）と〈救いなき状態〉（Hilflosigkeit）、それこそ西欧の〈死者の霊《マネス》〉である。初源の苦痛と神経の病は、古代ローマ世界に発してキリスト教世界の荘厳たる成熟にいたるまで、西欧のめまいを形成してきた。中世（ローマ帝国と近代国家に挟まれたもの）は衰弱し不吉だという観念そのものが西欧史の特質を物語っている。西欧の文明とは、まるで一個の心臓が鼓動するようにして、恐ろしい崩落の音を内部にひびかせるものであり、まるで地獄にむかうようにしてこの崩落にたてこもるのである。この崩落は純粋に想像的なものでありながら、西欧はこれを信じた。キリスト教徒にとってみれば、現実の生はいわば地獄のようなものであって、そこから脱出するには死をもってするほかに手立てはなく、死によって不滅で永遠の生が獲得できるというわけだ。西欧はこの地獄を生んだ。そのあとで、自分の手で創出した地獄のなかにみずからの歴史を投げ入れる。

*

思考する者は、信仰なき探究の快楽のためだけではなく、原因なき探索の快楽のために生きる。この意味で思考する者は知識人の対極にある。あくまでも純然たる問いかけ（知をともなわず、特定の肩入れもなく、理想もなく、ドクサもなく、待つことなく、確信なく、信仰なく、任務なく、信任状なく、許可なく、保証も報酬もなく、祖国もなく）。

＊

たしかにエポケーは――アポリアのなかでのエポケー――めまいを招き入れる社会的態度である。多数への非＝同意、言語への不＝服従、注意警戒としての思考、そこで完全に失われるのは、集団的約束事《コンセンサス》、綜合、希望、感覚である。

それは、一枚の葉のように顫えつつ、自分のなかに侵入してくる未知なるものに対面しつづけることだ。

＊

セクストゥス・エンペリクスはじつにみごとに書いている。エクスタシスを探し求めることなかれ。これを最終目標にしてはならない。悲痛を試練とするのもいけない。意味の欠如を通過地点とするのもまかりならぬ。人間に可能な体験のうちに最終的な段階はない。屈み込むことなかれ。思考の奥底を覗き込もうとしてはならない。思考の奥底に到達すべき何かがあるわけではない。ノエシスはノエマを欠いている。第一世界における存在のごとく、思考するもの《レス・コギタンス》は対象なき実体である。空腹が空白であるように、空腹は夢を媒介としてそこから派生する。この跳躍は果てしない。跳躍に息をさせよう。風を、息を、大気を、透明さを、日の光を、そのままの姿で空無に出入りさせよ。猫に一緒にいてもらいたいと思うなら、扉や窓をしめてはいけない。そんなことをすれば、猫を怒らせることになりかねない。窓の隙間をいつも少しばかりあけておいて、猫が前足の先でおしあけることができるようにしておくとよい。そうすれば猫はあなたの寝台の足元に身を寄せるだろう。あるいは寝床の毛布の端に身を寄せるだろう。そして猫は和毛の指先を曲げてそのうえに頬をそっとおくだろう。そして不安を感じることなく眠り込むだろう。ものを考えて顫える魂のそばで。

*

古代ギリシアのひとびとは「相反する力《デュナミス・アンティテティケ》」を逆説的に語っていた。動こうとしない矛盾命題の数々の並列《パラタクス》の力だ。反措定《アンティテーズ》は推論ではない。それは同等の力量のものを戦わせることである。ローマの闘技場で牡牛が角をつきあわせること、十一月の森で鹿が角を組み合わせたまま動きをとめること、古代のエポケーの奥底にはこうしたものがある。それは十一月の夜に相手にむきあう欲望の闘いである。古代懐疑論者が説く魂の平穏《アタラクシア》は休息の対極にある。それは最大限の勃起である。それはひとしく荒れ狂った力をもち、いたるところに、果てしなく遍在する緊張状態である。

第三十三章　自存性《アセイタス》

思考はすべての人びとに共通の思考だというわけではない。生殖を介して種の再生産がなされる結果、人類の半分はほかの半分が何をどのように考えているのかを知らずにいる。「最も深遠なる思想は人類学的な観点からすれば、思考する能力をつねに半分しか充たしていない」という言い方もできるだろう。思考は部分的なもの、偏ったものであり、つねに性差、異性間の闘争、世代的対立、社会的抗争、言語的対立のなかにある。どのような思想であれ、ひいき目に見ても、二種類のありうる思想のひとつでしかない。思考内部に向かう反省作用が性の分化が基盤にあるとの認識しかもたらさないと、あとはめまいを引き起こすような結果しか出てこない。思想は不協和音的であり、反神話的であり、反意味論的であり、統一を解体するものであり、引き裂くものであるというわけだ。思想は単に敵対的であるというだけでなく、すべての面で闘争的なものとなる。初源の一体性など存在しない。二者、われわれを生みだしたのは二者なのだ。自存性などありえない。われわれの出自はわれわれ自身にはない。新石器時代の末期、ヨーロッパがトルコと境を接する岸辺にあって、ヘラクレイトスに宿った直感がそこにある。統一性の不在、そして自存性の欠如は次のことを意味する。終末論的な方向性はないのだ。同じく男性形か女性形のどちらかの不定冠詞を頭におくひとつの原ロゴス、メタ言語、原歴史、神、時を超えるもの《メタクロニー》、未来に相当するものは存在しない。同じくひとつの共時、さらにはひとつの過去もない。二種類の一者、そのどちらでもないもの（完全に片方でも他方でもないもの）が対峙しているだけだ。男性の徴と女性の徴。別々でありながら対立はしていない。自己同一性は以下のことしか意味しない。「完全に片方ではない」、そして「完全に他方ではない」者が「ほとんど他者に近いもの」を自己としてふるまっている（把握している、同化している、呑み込んでいる）ということだ。現実的に非現実的である一者。完全なる一者でもまた一個のカップルでもない。このような裂開、切断、特徴線、意味を欠いた文字記号、文学以前の文字、セクサスは一者である。一者とはいっても各自においてけっして同一のものではありえない何か。それこそつねに想像的な文字の核心なのである。この文字は男の体にも、女の体にもしるされていない、というのも、それは前者にあって後者にはないものをしるしづけ、また後者にあって、自分の性だけを出発点として、同一物と非同一物を生み出す側にはないものをしるしづけるのである。言語活動が石から石へと飛び移って対話を試みるのは、体を寄せ合う集団が、奇妙にもその一方の極だけに押し寄せてぎくしゃくと動きつつ再生産しようとするありさまに似ている。最も初源に近い言語活動は、貧しくも間断なく子孫を産む差異であり、同一性を欠いた固定しえない区分であり、あれほど無意味で抽象的でけっして掴まえないのに、それでいて絶対に消えはしない差異であり、たえずわれわれはその差異から眼を逸らすのだが、それでも視線はいつとはなくすぐそこに戻り、不安な問いを投げかける。

*

真理はあなた方を自由にする（Die Warheit wird euch frei machen）。フライブルク大学の建物正面の赤茶けた壁に、十年ごとに金文字を新たにして刻み直されるドイツ語銘である。だがとんでもない、真理はわれわれを自由にはしない。プシュケーの奥底は錯乱状態にある。言語活動の基底は、魂の基底となじく、さまざまな錯乱、飢餓、欲望、夢、死せる者たちの亡霊、嘘、理解不可能な他者性、習得、依存の数々を組み合わせる。

*

古ノルマン人にあって非現実的なるものの住処はグレイプニルと呼ばれていた。この不可視の領土は、猫の足音、若い女の顎から落ちる髭毛、山々の褶曲、鳥たちの息でつくられていた。

*

個々のエゴには、個体にまさる種、種にまさる属、人間性にまさる獣性、部分にまさる全体、全体にまさる実体が少しばかり含まれている。

肉体によって分かれるこの二者にあって、二よりも少なく、一よりも多いもの。

私が見るところでは、言語（ロゴス）を出発点として理解可能なもの（ノエトン）が思惟（ノオス）の対象となるのではなくあらゆる意味においてすべての感覚にあって理解不可能なものが自然とその対象になってしまうのだ（意味作用以前にさかのぼり、ロゴスにおける両者の対立にさかのぼり、母語の習得以前にさかのぼる）。それは理解不可能な人間世界の発見という救いなき状態、ロゴスを失った状態、言葉を獲得する以前の幼児の状態なのだ。

分有不可能なものがある。

言語の習得以前にさかのぼって存在するのは分有不可能なものだ。哲学が、自己を探究する文献学的ロゴスにすべてをさしむけるのに対して、思惟が思惟するものは、体を生み出すあの非分有性に、言語がおしのけるあの馴致しがたいものに、最古の世界の瞑想に執拗にまとわりつくあの非＝措定的なものにただひたすらさしむけられる。

*

先立つものは魂の外部にあり、時間の基底の原初にあり、脳の奥に頑固に居座っているが、これを保持しえないのは、脳がけっしてこれを認知せず、言語が存在していない時間の基底から脳を迎え入れるために必要な言葉の痕跡がないからだ。先立つものがわれわれ自身の奥底に横たわっているというのに、われわれはほぼ完全にこれを知らずにいる。結局のところは、未知なるものの本質の見極めにあっても経験的に対応せざるをえない。

夢、思考体験、小説、幻覚などは先験的な自然認識をもたらす可能性をはらんでいる。頭のなかに思い描く事柄、これをつくりあげるにあたって、われわれは自分たちよりもずっと古い昔の構成的基底を出発点とするのである。精神もまた独自の深淵をかかえもち、そこでは奇妙にして幽冥なる生がうごめいている。飢えた状態で、夢が追い求める錯乱、そのあとを思考が、瞑想が追いかける。ガリレオはそのことを考え、カントはそのことを考え、アインシュタインはそのことを考え、何事かを後世につたえる。その何事かについての経験的体験はおそらくすべてが不条理というわけではなく、少なくとも彼らはそのことの証言者となっているのだ。数学はその真理を先験的な基底に求めるのであり、この基底を文化もしくは人類学だけで解明するのは困難である。以下のことを考えなければならない。言語の外側に時間が存在しないなら、潜在的なものこそが本質的なのだ。

＊

実体は真ではない。実体は真よりも野性的である。

物理学と数学はおそらく定在的ではない瞑想である。

物理学と哲学は確実に定在的ではない。

セネカは明晰だ。セネカの『倫理書簡集』一四にはこうある。哲学の対象となるのは、人間の社会的集合である。

哲学において真であっても（哲学については、自分を迫害する都市国家での死を望んだソクラテスから歴史を説き起こさねばならない）思惟にあっては真とはならない（たとえば荘子あるいはヘラクレイトスがそうだが、どちらの場合も思想家は国家とは無縁であり、思想家は、つねに宮殿、宮廷、城塞都市を逃れたところに生きる）。

セネカ四、二三。ローマのストア派とともに哲学者は人間なる種族を相手とする教育者となる。この《generis humani paedagogus》なる表現は、セネカのものである。セネカは執政官である。マルクス・アウレリウスは皇帝である。

哲学はその全歴史を通じて権力への接近（教える相手の精神におよぼす影響力）に幻惑されてきた。哲学者は国家組織の問題に心を奪われるのであり、燃える焔から離れずに周囲に舞う蝶のようにして国家の中枢に生きるのである。なぜ哲学者は僭主のあとを追うのだろうか。なぜプラトンはディオニシウスのもとにはせ参じるのだろうか。なぜアリストテレスはアレクサンドロス大王に従うのだろうか。なぜセネカは皇帝ネロを。なぜデカルトはスウェーデン女王を。なぜディドロはロシア女帝を。なぜヘーゲルはナポレオンを。なぜハイデガーは総統ヒトラーを。プラトンはディオニシウスから声がかかるとすぐに彼のもとにはせ参じるばかりではなく、その「智慧」にとってみれば、一度だけでこと足りるわけではなかった。二度目に声がかかったとき、死の危険も奴隷となる危険も顧みずガレー船に乗り込んだのは、自分の思想を実現する権力に心を奪われたからであり、思想をもって集団を支配する強い欲望を彼は抱いていた。セネカはネロの側近となり、手ひどく扱われ、侮辱され、威嚇されてもこれを厭わず、皇帝からの命令に服して最後は自殺するにいたった。ハイデガーは国家社会主義党員となり、ユダヤ系恩師を完全に蔑ろにする無礼な態度をあからさまにし、腕を高くさしのばして、大学総長職を求め、実際に大学総長となった。なぜ哲学は、これほどまでに社会権力におもねるのだろうか。なぜ哲学は国民的教育の題材となりうるのか。ギリシアの諸学派の後継者たる哲学者は、なぜ官職を得て、学校教育の最終課程に最も高い価値をもつものとして一段と高い地位につくのだろうか。あまりにも奇妙な歴史であるが、その黎明期にあって、ソクラテスは友人たちが提案してそれなりの準備もしていた逃亡をしりぞけて、民主制のもとでの死を選ぶのだろうか。これに対して、道教、仏教を問わず、インド、中国、朝鮮、日本では、僧侶らがことごとくそっと姿をくらまし、相手が地方の豪族でも皇帝でも、権力者の意に従わずにいるのをむしろ名誉と心得て、同胞から疎まれれば何が何でも逃げるが勝ちを決め込み、戦闘集団の武力や、君子の支配から身を護ることができればこれを無上の幸いとするというのに。なぜデカルトは寒さで凍え死ぬのを厭わず、クリスティナ女王の足下にひれ伏そうとするのだろうか。なぜカントは普段の散歩道を離れて、乗合馬車の宿駅に立ち寄りロベスピエールについてのニュースを確かめようとするのだろうか。なぜヘーゲルは馬に乗って通り過ぎる侵略者を目の当たりにしてエクスタシスに陥るのだろうか。

シェリングですらヘーゲルを恥ずかしく思っているわけだが。

＊

哲学者ヴィクトル・クーザンはユマニストと個人、宗教家と無神論者、市民と漂泊者を対立するものとして扱った。一八四七年、ヴィクトル・クーザンは『近代哲学史講義』第一巻一七九頁に以下のように書いた。「個人は人類の礎になる存在だと自負している。個人はほかとは区別された独自の階層をかたちづくる。個人は自分を独立した主人公と位置づける。それでいて気力がなく無性格な人間なのである。一瞬のあいだ動き回っても、とくに何をしたというのでもなく、歴史にいかなる痕跡も残さずに消えてゆく。規律をもって律することが不可能であり、命令をくだすほどの力はなく、従うことができずにいる個人なる存在の一大目標は、彼らが一瞬のうちに通過し消えてゆく世界の巨大な舞台にあって、いったい何を表現することに向けられているのだろうか。自分たち自身であって、それ以上のものではない。よって人類は彼らに注意を払わずにいる。個人でしかない個人と関わり合うほど人類は閑ではない」

＊

思惟は離脱を好み、共同体のほうもまた、場所の慣習に同意しない人びと、もしくは集団の統計的法から逸脱する人びと、もしくは国民全員が話す言語の規範的使用に対して距離をおく人びとを追放する。

＊

知的な心のはたらきの起源にあるのは独奏である。その起源は、夢想を日中追いかけるファンタスマゴリアのように、徹底して自慰的である。その起源は生殖も親も同時に否定する性質をもっている。まさにそれゆえに知性は反家族的なものとなる。まさにそれゆえに思惟はしだいに反社会的なあり方を強めるようになる。思惟の問いかけはコントロール不可能なかたちをとり、撓めることができない様態をもってひろがりだす。思惟は話し言葉の社会、命じる声、智慧、神々、禁止事項の数々、諺、神託から身を引き離す。

＊

ソクラテスはひとりきりではなく、友人たちに囲まれて死んだ。その誕生に立ち会った都市国家のなかに身をおき、そんなふうに死にたかったのだ。しかしながらソクラテスは、牢獄にいたとき、友人たちにこうも言っている。

「われわれの欲望の対象は真理ではなく思惟にある」

プラトンはまさしく『パイドン』六六eにおいて以下のように書いている。われわれは思惟を愛する人間である。元のギリシア語では、われわれはフロネーシス（実践知）のエラスタイ（愛人）なのだと言われている。正確を期すために、さらにプラトンはこう付け加えている。思惟する者はロゴスが合図をする（logos sêmainei）場面にあって愛人《エラスタイ》であると。その瞬間プラトンは哲学者であることをやめ、僭主ディオニュソスの許を去り、思惟する者となるのである。

*

書くというのは奇妙なプロセスであって、これを通じて言語という連続体の塊が、沈黙のなかでいったん断ち切られ、繋がりを欠いた小さな記号群という形態をとって破片となる。誕生に先立つ歴史の流れのなかにあって、この小さな記号群の来歴は驚くばかりに偶然的だということが明らかになる。このアルファベットはすでに一個の廃墟をなしている。この突然変異を通じて、いずれの「意味」も元のコンテクストから切り離される。すべての合図は記号となり、音を失い黙したまま、命令の声を見失う。そのときすべての記号は自己解体し死文と化す。抑制不可能、解釈可能、移動可能、転移可能、運搬可能で、遊戯的なものということだ。

ノエシスは脳のネオテニー的状態にかかわりをもつ。刻印をもたず、配属先をもたず、幼生、未熟な状態にあるといってもよい。誕生《ナティヴィタス》のあとに光明《ルシタディオ》が来る。思考はつねに新生児である。思考という事柄は、自己生成をつづける脳に属している。それは強情な叫びを発しながら、光のなかに通路を見出す。

そのとき思惟する者は、可能なかぎり微分化された心的活動をおのずと手にするあの人間となる。可能なかぎり孤独な個体としての人間。可能なかぎり神話的でない英雄。思惟する者はこのうえなき空無の場に身をおく者となる。

＊

注釈

書く者は場をもたない。書く者は場を見失う。あらゆるノエシスは狩猟の段階にある。狩りに出かける者は自分の場を失う。書く者は自分の場を失う。考える者は自分の場を失う。考える者は狩猟の女神ディアーナの神殿に自分が書いた本を置き去りにする。考える者は森の奥深くに分け入り、山を登る。

第三十四章　隠れ家《レフジウム》

セルジュ・モスコヴィッシ〔フランス社会学高等研究所で教えたルーマニア出身の心理学者〕が「人生にあって最大の幸運のひとつは子供時代に幸福でなかったことにある」と『回想録』に不意に書き記すとき、単純きわまるこの文に心が急に締めつけられる思いがする。この不幸は結ばれていたものを決定的に引き離す。少なくとも、そのあとの生きのびた時間にあって、空になった箱のようなものとして残るのだ。誰も乗り込まなかった小舟。モスコヴィッシはユダヤ教の復活祭の記憶を語っている。奇妙な中断だ。より正確にいえば、社会的流れに投げ入れられた奇妙な挿入句だ。毎年繰り返される嘘のような中断《エポケー》。脱出を祝う祝祭。人類が思い描く最大の攪乱的な夢は、この神秘的でさし迫った義務、魂が先立つ抑圧からの解放を訴える義務なのである。

ここでもまた、何はさておき、出エジプトが問われている。

隷従からのわが身の解放が問われている。

大気の世界にいきなり踊り出る体にあって作動するのは、「出立する」ひとつのあり方である。

膝を抱えて、息が苦しくなるほど喉元に引き寄せる欲望は、誕生の瞬間にはじまり、おさえられることがない。

　だが、隷属状態から出ることが逃亡にかかわるとすれば、逃亡のほうは、また別の問題、たぶんあの驚異的な離脱《エクセオ》よりも深いところにある問題をさしだす。あの脱出、あのエクスタシスよりもさらに古い歴史をもつ問題。奴隷——追い詰められた獲物——の逃亡にあって明確になる真の問題とは、隠れ家の問題である。

　隠れ家の問題の背後にあって逃亡がもたらす真の問題は、閉所愛好症と閉所恐怖症の二律背反にかかわるものである。前者は誕生以前、後者は誕生以後のものだとしても、両者ともに初源に関係している。すでに誕生はパニック状態から外に出ようとする欲望に応じるものだ。

　脱出は数々の実践的な問題をもたらし、これが短期のものだとすれば、部屋にひとりで生きることは長期的な問題となり、長い期間にわたって学習を課し、変身を経て、そのあとには先立つ状態がもたらす苦行がある。それは懐胎の場ということだ。

*

　このようにして古き祈り——時をさかのぼる祈願——が自由のなかにある。この祈りは第一世界にあった自由に呼びかける。この第一世界の自由——あの子宮内の孤独なエデン的静寂——こそが、思惟を可能にする。少なくとも読解を通して思惟は必然的なものに変わる。

　私は祈りを引き継いで探究に入った人びととの同類ということになるかもしれない。第一世界を再度もとめる祈願、第一世界、つまり対象なき、つまり内容物なき世界を。

　この空無の祈り、不信仰の祈りは、思惟が利害関心から脱する危険道を用意する。

アレクサンドル・コイレ〔ロシア出身で主としてフランスで活動した科学史研究者〕によれば、思考の実践のためには、人間の残酷さから新参者を守る堅固な避難所に暮らす必要がある。レオ・シュトラウス〔ドイツ出身で主としてアメリカで活動した政治哲学者〕もまた同様の考え方をしていた。それ以前にはスピノザがいる。

無神論――空無の容器――はこの寺院もしくは教会の廃墟の身廊にあたる部分だ。ひとが無神論者となるのは、第二の時においてのことでしかない。幼年時代の魅惑と執着からの解放後のことでしかない。それは寺院もしくは教会の廃墟である。この中身のない胎盤、すなわち病院の屑籠に、黄泉の国に捨てられるもの。このようなきわめて乏しい皮袋の記憶が避難所にまつわりついている。

思惟そのものの奥へと歩みを進める思索者の精神集中――誰何《すいか》の声などまったく届かない外部にあって――は、脅威にさらされる獲物の急所でもある。

このようにして追われる者――脅かされる者も同様だが――の真の問いは、隠れ家の問いとなる。生きる者にとって、安全な場で生きることが突如として問題になるのだ。そのひとに隠れ家をあたえるとは、第一に生を愛すること、第二に愛を大きなものにすること（その時間をより大きなものにすること）。

しかるに、思惟は時間概念の消失を前提として成り立っている。思考の自由が無条件で終わりなき時間をほしいままにできるところにあり、思考のはたらきに時間が特別の意図なくあたえられている必要があるとすれば、それにふさわしい生は隠れ家となる。

そのことに気づかずに生きていられるのは前提として隠れ家があるからだ。

「誰何の声を聞かずに生きること」に隠れ家の意味がある。

＊

新教徒らは追われ、「避難所」をもとめてさまよった。この場合の「避難所」というのはアルプス山地にあってジュネーヴ湖を見下ろす場にある石造りの小屋に羊飼いたちがあたえた名だった。狼の獰猛さ、極寒、諸国の兵士の監視、雪の重みから身をまもるためのものだった。

*

思惟は意識とかけ離れたところにある。

奇妙なことに、思惟には意識がない。

思惟を思いのままにする創造が、意識しない神経作用の何たるかをみごとに説明しているように。

考えにふける人間、眠っている動物を殺すほどたやすいことはない。

無限と無意識のなかでの探究と追跡の強烈な瞬間には、隠れ場所、屋根、ポケット、避難場所が必要となる。屋根裏に身を隠してユダヤ人大虐殺を逃れ、その物音が通りの角をまがって消えてゆくのを待つ。片隅に身をひそめ、さらにもう一日生きのびる。主よ、私にあと一日くだされ！　O Lord, give a day!　Da nobis hodie!

*

アウグスティヌスは『独白《ソリロキア》』に以下のように書き記している。誰でも心のうちに神が訪れ、身を隠すためにもうけられた場《ロクス》がある。神の訪れが起こりうるこの場は、幼年時代の終わりに、中身を失い空っぽになった場である。隠れたる肉体をあやし、その後消えてしまった声を起点として言語活動の習得がはじまるのにあわせて言語活動そのものが穿ちなおす場である。というのも、それこそが、われらが主を呼ぶ声の中身なのだ。この場、それは母が背後にしりぞきながら、自分から子供へと移し替えるものであり、母が子供に呼びかけながら、子供のうちにひらくものであり、思惟の対象となるものなのである。

*

古代末期にあって、ポルフュリオス〔ネオプラトニズムの哲学者。プロティノスの弟子〕はより専門的な用語をもちいて以下のように『節制論』に書き記している。動物は分節可能な声《ロゴス・プロフォリコス》を有しており、それでも人間を聴覚対象へと隷属させ、社会的繊細へと向かわせる内部におかれた言語《ロゴス・エンディアテトス》をもたないので語る存在《ロギコイ》とはならないが、その代わりに自己の体の組成についての物質的感覚をもっている。動物にはほかならぬ自分への帰属感覚がある。

この最後の部分でポルフュリオスが用いるオイケイオシスなる語は驚くべきものである。つまり家に属する感覚ということだが、これがあらゆる種類の胎生動物の第二世界（そこでは実際に家、巣、貝殻、嚢、避難所、隠れ家）になおも生きのびているのである。この場合、非＝死の空間を家と呼ばねばならない。

*

思惟の前提には睡眠状態があるが、眠気には無縁だ。

思惟を成り立たせる前提には閑暇《オテイウム》、仕切壁、安全、壁が交わる角、屋根、人の目を遮断する避難所に特有の性格、危険のない場、静寂、孤独の回復、危険の予感もなければいつ果てるともない、邪魔の入らない時間がある。

思惟作用の前提となるのは、第一に無頓着であり、第二に他者から忘れられた状態にあることだ。他者の目にとまらない、というのはかけがえがない事柄である。重要な存在でない、というのはそれだけで美徳だといってよい。同類を忘れるのと引き替えに、向こうから忘れられるという心躍る恩恵がある。他者から忘れ去られる、それは行動規範というべきものになる。それは荘子によれば「市井の奥に身をひそませ、目立たぬように生きる」ことなのだ（市井、路地、道は中国語では道《タオ》となる）。

*

考えるためには身体は意識から消えなければいけない。

考えるためにはひとりでいなければならないが、それ以上に自分を無にして、その場から消えなければならない。家は空っぽでなければならない。

逃亡をくわだてる者が体を抜け出し、体の意識がなくなる必要があるとすれば、これに応じて、避難所にいれば安全無事だという狂った思いが前に出てくる。

知的活動のための場には、親近感、幸福感、保護、高揚感が必要であり、極端な寒さや暑さがあってはならず、極端な愛憎などはもってのほかだが、陰翳、漂う倦怠感、声の消滅などが保証されていなければならない。この世界は既知の世界を呼び起こす。初源の水嚢という隅々まで知っている唯一の世界にあって身体が懐胎され、大きくなっていったのだ。かつて自分の「嚢」として知ったこの避難場所は世界をなしている。

*

自由であること、それはまた流浪の身を意味する。依存は出自の問題であり、所属は誕生以前の問題だ。われわれは初源にあって包まれた存在だった。所属と彷徨のあいだに一個の生存様態《モドウス・ウイウエンディ》を見出す必要がある。ナショナリズムと流浪のあいだに「家」を見出す必要がある。

小さな角《すみ》。

逃走（fuga）を通じて、われわれは話しながら息絶えるのだが、その逃走の真っ只中でわれわれは死んでゆく、それは逃走からの逃走（re-fugium）である。

喪失から身を守る何かがある。

平穏に生き、できるだけ自己であろうとはせず、第一世界にあったときとおなじく未知なるものとして。

第三十五章　炉部屋

デカルトの場合、暖炉は、そこに身を寄せる思考そのものをあらわす語 pensée と起源をひとしくする。というのもフランス語《poêle》（暖炉）はラテン語《pensilis》（吊された）から派生したものであり、捕食者の居場所から離れたところに種子と貴重な品々を宙吊り《シュスパンデュ》になった倉に入れておくことから来るという意味での、考える《パンス》なのである。思考は暖かな隠れ家に身をおき、そこでは魂は肉体を忘れている。宙吊りになった隠れ家、宙に浮いた瞑想のための場、枝と枝のあいだに作られた巣、至高ナル宙吊リ状態《ペンシリス・スプリミス》に身をおいているのだ。一六一九年、暖かな部屋にこもったのは、冬を逃れるだけでなく、戦争から逃れるためでもあった。思考には、炉部屋の通風口にあたる何かが必要だったし、沈黙の泡、海に臨む安全確保の場《ハベル》、山中での壁囲い、防水布でできた砂漠の天幕が必要だった。

だが、デカルトの思考にあって——デカルトの思想が機能するための、炉部屋とは、ほかならぬ彼の寝床のことだった。

穀倉、瞑想のための場、炉部屋、デカルトにおける宙吊り状態、それは旅出のための「舟形寝台《リ・バトー》」だった。

第二次大戦のさなか、晩年のコレットの「青い船」には、デカルトの炉部屋――それはバロック的世界の血塗れの宗教戦争のさなかに姿をあらわす――が見出される。彼女は夫がポーランドの強制収容所送りにならぬよう体を張って護り、完全に不眠症に陥り、死が迫るなかリシュリュー庭園〔パレ・ロワイヤル庭園のこと〕を見下ろしていた。デカルトとコレットのあいだには、フロイトが彼の患者すべてに提供した寝台が、さまざまな記憶に挟まれて揺れている。

*

突然確信が生まれた。私にはわかっていたのだ。ほかに選択肢はない。仕事をするため上に昇っていかなければならない。下にいる者たちから離れなければならない。何が何でもひとりになりたいという気持ちに駆られるまま、世界の外に飛び出す必要がある。

あたかも森のなかの喇叭の音のようだ。小鹿は不安に駆られて道を外れて飛びだし、自分の位置を悟られぬよう、追いかけられぬよう、合図の音をこれ以上鳴らされぬよう、死なずにすむようにする。

「中空に」というのは、屋根裏の小部屋のことである。ベルックス天窓の下の部分に幅九十センチの子供用マットレスが敷かれているだけだ。毎日夜になるとシーツのあいだに潜り込み、空の真下に潜り込み、月の光のもとに潜り込み、よぎる雲の下に潜り込み、突然襲う驟雨に下に潜り込むのは一個の老いたる体でしかない。もし上に行かない日があると、ほかの人びとから離れずにいる日があると、不具合が生じ、逃げ出したいという気持ちよりも死にたい気持ちのほうが強くなる。たとえ一時間であっても、階上にある沈黙の寝床に向かい、座る犬のようにして光がページにあたるようにして、暗い天空の奥底を見つめるだけでも、心の苦しみはやわらぎ、平穏が訪れ、魂の扉はひらかれ、苦痛は完全になくなり、忘我の境地に入り、頭の中は酔いが醒めたという以上に、細かく砕け、私の魂は透明になり、明晰とは言えないまでも、透体とは言えないまでも、半透明になる。

上にのぼれば、何世紀にもまたがる過去、家族、子供たち、国家などは姿を消す。

瓦と亜鉛の窓枠に挟まれ、空のページがいつも読みうる状態にある。

変化自在の雲が、この矩形――小窓があり、屋根に孔が穿たれたこのささやかな聖所《テンプルム》――をよぎって通り過ぎ、紙片の上、白木の床の上、シーツの白いひろがりの上、場合によっては軽量フリースの毛布の上にその影が投げかけられる。

この場所、このハンカチほどの場、この小さな布《スダリウム》ほどの場、水の入ったボトルを取り替え、読んでいる本のページ、あるいは電線の先にぶら下がる裸電球、いま書いている本のページをみごとに照らすその電球が切れればこれを取り替え、シーツを洗濯し、床に転がる万年筆用のインク・カートリッジが入った箱を掃除し、家事をし、仕事が一段落して日曜になると、まるで貧者のミサのように、洗浄水を含ませたスポンジを用いて白い床板を磨くことだけは欠かさないのは、反り返った猫の小さな鼻を喜ばせ、夕暮れになって念入りに床板の状態を手はずどおりに確認する猫のためなのだが、ほかにこの場所で仕事をする、などを加えた諸々の事柄が、私に必要な日々の生活をより質素な、より愁いの少ない、より開かれた、より素朴なものに変える。

私の生はより明るいものに変化し《ヴィッド》、より素朴なものになり、私の体はずっと痩せ細り、より目立たなくなり、私の精神はより風通しがよくなり、より貪欲《アヴィッド》になる。

*

「宙づり《ペンシリス》」の寝台で本を読むデカルトが明かした体験は、奇妙といえばじつに奇妙だ。考えるという事柄（コギターレ）が存在を規定するのではないと彼は言う。彼は突如として、思考の知覚（表象）こそ、すべての限定に先立ち、内部意識に存在もしくは存在の影もしくは存在の名をもたらす一個の運動とすべきなのだと言い出す。

彼が言うに、思考は一個のものであり、この場合のものは動いている。魂（主題化された思考ではなく）をなす呼吸の共《コ》=動《アギターレ》を動かすこの運動、それは誕生に始まるあの運動であり、プシュケーへの吸気の侵入というあの恐るべき運動であるが、冬になって唇から出る白い息が魂をなす運動の証しとなるように、こうした運動が自分が生きていると自己《エゴ》に感じさせ、言語を媒介とする反芻の過程にあっても、やはり恒常的に生が息づいていると気づかせてくれる。こんなふうにして――デカルトが前面に押し立てるこの困難な感覚を表現しようとして用いる不正確きわまりないラテン語の諸概念をギリシア語に翻訳するならば――ノエシス的なクロノスの基底に「アイオーン」がふたたびあらわれる、ということになる。個々の身体が思考しながら新たなものとして「往古の脱出」を反復し、身体が無=運動と見えてもなおもそこにうごめく「往古の脱出」がある。それが思考の情動なのだ。言語の時制、社会的でノエシス的な時間秩序をたちあげるのはこの生きた呼吸、プシュケーの息のうごき以前に遡る地点に直接身をおく、よりアルカイックなこの時間的波動であり、究極のところは、動物的な夢想の時間的波動だといってよい。そこに恒常的に誕生の運動が加わる。それじたいが動いているこの思考の屈折作用は、身体内部にあって物体のごときものになり、破片を集めて一個の内的な襞をつくりあげるか、それとも、すでにそこにある内的な襞のなかにみずからを格納する方法を見出そうとする。

思考する者の心的《プシュケー》はたらきの奥底、その思考対象よりも時間を遡ったところに、母の体内の胎児の動きのようなものがある。

それゆえに思考という不安なうごきは、読む行為のうちに、その完全なるひろがり、観想的《テオリア》で、運命的なひろがりを見出すのである。というのも読む行為だけが、誕生に先立つ体験を引き継いでいるからだ。

いわゆる「思考する我《エゴ・コギト》」が魂の核をなしているのではない。明証性、同一性、真理ではない。「思考《レス・》するもの《コギタンス》」に固有の運動、情動、「情念《パッシオ》」が核をなすのであり、その情念は魂にあって独立していて本質的に身体的なものとして体験されるのだ。

それは思考の運動（モトゥス・コギタチオニス）である。

デカルトが言うこの「思考の運動」は、われわれの起源となる交接《コイトス》の際にわれわれの始源にあり、しかもわれわれの目的《テロス》をなすとセクストゥスが言った「肉体の運動《サルコス・キネーシス》」におそらく結びつくのである。古き時は、より内的なこの運動《モトゥス・インテリオル》を出発点としてただちに、それじたいが思考する人間に固有の思考の様態《モドゥス・コギタンディ》となる。

魂のなかにある思考内容（ノエマ）ではなく、言語のなかにある位置（主体の位置）ではなく、情動の襞の折り目であり、遡行的なキネーシス（nachträglichkeit）であり、不安な注意を包み込み、その後につづく反省的思考をゆるす防御なのである。レス・コギタンスをもう一度ラテン語に翻訳し直してみれば、スブスタンティア（実体）である以前に、まさに身体がこのエ＝モティオ（外への運動）であるのと同じように（空気が入ってくる前の身体、光の中で大地に落下する身体、それはこの issir すなわち外に出る運動なのだ）、誕生のなかにこのモトゥス（運動）が存在する、ということになる。この場合、時間は存在に先行する。思考するもの《レス・コギタンス》、ともに動くもの《レス・コアギタンス》とは、見つめる人間の頭部ではなく、表皮というべきものであり、それが襞となり、自分で折り重なり、別の場所にむかって飛び出す一個の身体の内部にあって空隙を刻み込んでゆく。それは頭蓋内の空洞内部に極小の皮袋をうつしかえてできあがった極小の隠れ家であって、ひとりでに溢れだし突如として砕け散る。それは習得言語に共鳴現象をもたらす角隅というべきものであり、その襞がおしひらかれる瞬間にこの角隅で共鳴と共振が生じる。習得言語が跳ね返るあの角なのである。マイスター・エックハルトの説教に「魂の内にあるひとつの力について」と題された一篇があり、これはほんの少しでも思いをめぐらすなら、ブーヘンヴァルト強制収容所から帰還してシカゴに避難場所を求めたブルーノ・ベッテルハイムが書いたあのじつにみごとな本『うつろな砦』を連想させる。

思考はもともと身体にしっくりなじむ活動ではないとエピクテトスは説いていた。魂の健康は夢にあると、そしてまたノエシスの活動は夢の活動の妨げになると彼は考えていた。エピクテトスは「思考は魂に雷を落とす情念である」と書いている。思考の起源は、ひとつの世界があり、その次に第二の世界があるとするところにある。思考の起源は、第二の世界の内部にあって、言葉をもたぬ生があり、その次に言葉を話す段階があるというところにある。思考の起源は、個々の身体に即して自然言語の数々が存在し、それがさしだすつねに定式化が不可能な問いに対して、つねにアクチュエルな応答ならざる応答があるというところにある。人間は環境を応答のないものと考えて相手にしたからこそ、人間の問いかけが始まり、情念の問いかけとしての起源、死による中断があるにせよ、季節の移行が刻まれた、飢えた状態での問いかけとしての起源が出現したのである。

*

瞑想がある段階に達する、すなわち書く行為、すなわち読む行為がある段階に達すると、獲得した知見を共有しうる相手はもはや自分だけになる。目に見えない対象を夢想するなかで、われわれは孤独におちいる。自分ひとりで新たな視野を切り開かねばならない。生まれ直した者に目鼻立ちをあたえる新たな光のなかで、ほかの誰にも理解されずにいる孤独。探究と思考をかさねてこの段階までくると、孤独はもはや感覚的なものではなくなり、ひとつの体験のあり方となる。すでに直接的な現実のなかに対話者は見出せなくなっている。このような瞬間にあって、グループのなかには頼りになる読み手はもはやいない。言葉のやりとりはすでになくなっている。そうなったとき、作品だけが自己に語りかけてくるのだ。書物が——自我ではなく——、各自の自我とは異なる別の自我との交感を可能にする唯一のものとなるといってもよい。自我と異なる別の自我は書物の厚みのなかで育まれる反省作用の反映にすぎず、その反省作用は部分をかさね、文節をかさね、器官をかさね、頭脳をかさね、章をかさねてかたちづくられてゆくのであり、自我と別の自我が黙り込んで瞑想にふける言語の文法的で純然たる人格であるかのような姿をとる。書かれた作品はある意味で神そのものだといってよい。というのも実際に言葉をかわす対話における神とは、思考に対して書かれたものが有する地位にひとしいのである。書かれたものは〈往古〉（それに先だって永遠がある）の神ではない。書物は〈永遠者〉（法がこれを裁く）ではない。それはページをひらくといきなり眼の前にあらわれる他者である。フォールビュルフにあって、スピノザは『エチカ』のなかで自分自身と少しばかり対話する。それから、その昔ローマの人びとが所有する似姿《イマーゴ》、すなわち父祖の頭蓋骨を隠したように、草稿を人の目の届かぬところに隠すために小さな戸棚に入れた。作品とは、どこを探しても見当たらない思考の対話である。書くとは考えることである。考えがある段階までくると、書く、考えるという二つの動詞の区別ができなくなり、ただ両者の順序が見えるだけだ。考えるとは書くことではない。書くとは考えることである。書くとは、書いた者が書かれた作品なくして考えない事柄を見出すことである。

第三十六章　ロクロナン

ロクロナン〔七世紀にブルターニュで布教をおこなったアイルランドの司教ロナンのこと〕が死ぬと、ブルターニュの長《おさ》らは丘の上にある隠者の洞窟に集まった。聖者の体は真っ黒になっていた。花崗岩の上に水があふれ出すようなものだった。この花崗岩の塊は、地面にひっくり返って横たわっていた。聖ロナンはロクロナンの遺体を見にやってきた。ラコルドゥスもまた追悼のために姿をあらわした。アルケもまた哀悼の意を表した。アディティもやって来た。十二人衆は黙して死者を取り囲んだ。

そして長のひとりが口をひらいた。

「彼が生きているとき、われわれには彼の言葉がまったく理解できなかった。この孤独な人間の思考の跡をたどるのに比べればツバメが飛ぶ跡を描くほうが遙かに容易だった。彼が死んだいま、ひとつ提案しようと思う。望みどおりにしようではないか。牛に曳かせることにしよう。彼の亡骸を牛に曳かせるのだ。行き先は牛たちにまかせればよい。ここに埋めてほしいと彼が思う場所まで牛が連れて行ってくれるだろう」

そんなわけで彼らは牛たちを放った。去勢していない牡牛と去勢された牡牛は苦しそうにこの花崗岩のような塊を曳いていった。いっぽう長らは、押しつぶされた枯れ枝、平たくへばりついた黄色や黒の葉を確かめ、荒れ地の土がひっくり返され、筋目ができたところにくだんの岩の跡が残されているのを確かめ、聖者が何を伝えようとしていたのか思案するのだった。

アイスキュロス『救いを求める女たち』第九三行目の詩行は以下のようになっている。「思考の道は藪や鬱蒼とした暗がりを経てその目的地へと通じる」

花崗岩の跡をたどって彼らは森の暗がりへと入り込む。そうこうしているうちに牛の群れと聖者は森を通り抜ける。それから平原に出た。牛の群れは突如としてそこで立ち止まる。牛たちは黄水仙を踏みにじる。黄水仙は手ですっかり引き抜かれ、土がひっくり返される。牛たちが立ち止まったまさにその場所に鍬が入るのだ。空気は爽やかだった。太陽の光線が新緑に落ちかかって葉がひらき、青空にむかって伸びてゆく。冷たい風が釣り鐘状の黄色の花に触れると花は首をうなだれ、揺れ動いて顫えながら踊る。人びとは縄を用いて骸《むくろ》を降ろした。骸はひどく重かった。それで、いきなり下まで落ちてしまった。空気は冷たいが、日の光が注いでいた。大雷鳥が軽く身を揺すっていた。カッコウの鳴き声がしていた。人びとは溝の窪みに岩をおろし、掘り返したときに出た土でこれを覆い、小さな礼拝堂を建てた。

訳者あとがき

本書は Pascal Quignard, *Mourir de penser, Dernier royaume IX*, Editions Grasset & Fasquelle, 2014 の全訳である。翻訳に際しては二〇一八年にガリマール書店からフォリオ叢書の一冊として刊行された普及版も参照した。

水声社の刊行案内にも示されているように、本書は「パスカル・キニャール・コレクション〈最後の王国〉シリーズ」最後の第九巻にあたるものである。ただしこの二年のあいだに原書シリーズには、あらたに二巻が加わり、今後さらなる続巻が刊行予定であるという。パスカル・キニャールは、翻訳者が懸命に努力しても追いつかないスピードをもって書き続けている。

＊

「死」と「思惟」の二つの文字が表題に記されているのを目にして、ある種の形而上学的な展開を読者は予想するかもしれない。ただし必ずしも本書がそのような性格をおびるものではないことは、原書の裏表紙に書き記された以下の四行ほどの言葉――おそらくキニャール自身のものと思われる――からも読みとることができるだろう。「考えるとは、精神のはたらきではない。それは身体感覚のひとつなのだ。実際のところ、精神には四通りの感覚がある。すなわち夢みる、読む、考える、瞑想する」。身体と生命活動に直結した思考《ノエシス》は、それでも死と表裏一体の関係にある。この主題を通奏低音として、キニャールは『黄金伝説』や『オデュッセウス』をはじめとするさまざまな物語《レシ》の断片をひろいあつめ、それらを裁ち直し、彼独自の声をもって語り直す。

〈最後の王国〉シリーズの刊行が始まったのは二〇〇二年のことだが、本書にはそれ以前に書かれたテクストも含まれている。具体的には、アープレーイユス『ソクラテスの神霊』――本書でもたびたびとりあげられている――の仏訳小型本（Apulée, *Le Démon de Socrate*, traduit du latin par Colette Lazam, Rivages poche/Petite Bibliothèque, 1993）の序文として書かれた文章がこれにあたる。「天使にかんする小論」（Petite traité sur les anges）と題されたこのテクストはアープレーイユスおよびソクラテス、さらにはダイモンとゲニウスを論じるもので、三十数頁におよぶその分量からしても、すでにキニャール独自の「論」とみなすことができるものだった。キニャールが全八巻からなる連作『小論集』を刊行したのは一九九〇年のことであるが、「天使にかんする小論」は、本書のなかに組み入れられることで、『小論集』から〈最後の王国〉へと大きく変貌をとげる二つの連作をつなぐ懸け橋のように見えはじめる。

*

本書ではギリシアおよびローマの古典からの引用が頻繁になされており、この分野にかんしてキニャールが深い学識をもっていることはあらためていうまでもないが、ただしその語源的な探索のあり方は、文献学者のそれとは別の方角を向いているというべきだろう。たとえばノオスとヌースの対比のうちに前者をいささか強引に嗅覚へと結びつけるやり方などその一例をなしている。ひとことで言えば、キニャールは彼自身の学知を「最後の王国」なるフィクションの建設にむけて作動させるのである。「野生の思考」とは、いうまでもなくレヴィ＝ストロースの名高い書物のタイトルであるが、この表現はそのままキニャールの仕事を形容するものとしてとらえなおすことができるだろう。フランス語 sauvage がラテン語の solus vagus という表現、すなわち「単独者」と「彷徨」をあわせてできあがっているものと述べる本書の一節は、キニャールの仕事を考えるうえで興味深い。連作タイトルの「最後の王国」という表現からしてそうだが、まるで十七世紀の書物のように比較的短い章をつみかさてゆく——ある意味で異様な——構成法、随所にギリシア語やラテン語を挿入しつつフランス語表現を屈曲させ、『小論集』にみられる古典的な完成から転じて、場合によっては文章作法の常道を踏み外して臆することなく、同時代の文脈を逃れて孤独な道につきすすむ姿には、すべてをみずからの「王国」に投じる作家の強い意志のあらわれを見てとることができるように思われる。

＊

翻訳作業にあたって繰り返し訳者の頭に浮かんだ名前があった。三木茂夫、木村敏、古井由吉の三人である。いま思えば、曖昧模糊たる世界をさまようにも似た困難な仕事のなかで、心の支えとなってくれていたように思う。

キニャールの作品にあって、文語的ひびきをもつフランス語 jadis（＝昔、かつて）の独自の用法はひときわ目立つものであるが、小川美登里氏がこれを「往古」と訳出するにいたった経緯は『いにしえの光』のあとがきに述べられている。文法的位相にあっては、発話主体との関係を座標軸とする「過去」とは別種の「不定過去」なるアスペクト、哲学的文脈にあってはクロノスと区別されるアイオーンなる時間性などを参照しつつ解釈を試みることもできるだろうが、個体の体験を超え出た記憶が遺伝子に刻み込まれていると説く部分に焦点をあてれば、「往古」は、三木成夫が説く「生命記憶」にかさなりあう。系統発生の起源に位置する太古というだけではなく、それがいきなり個体発生の現在に浮上すると言われているわけであり、だとすれば、このような運動性を訳語のなかの「往」の文字に読みとっていただければありがたい。

木村敏は『あいだ』(弘文堂、一九八八年刊)において、彼が用いるノエマ/ノエシスの対概念がフッサールの現象学の文脈を離れ、むしろ生命活動との関連を軸とするものであると述べている。「狭義の理性や知覚だけに限らず、およそ生命活動一般の動的な志向性の意味」があるとするその言葉は、キニャールの考察とかさなりあうものであり、両者ともに思索の深化にあたって音楽が重要な契機となる点もこのことに関係しているはずだ。

といってもキニャールの「王国」の本領が解剖学でも精神医学でもなく、小説にあることはいうまでもない。エッセイ(試文)とも小説とも考えられるような境地、シャーマン的な聖《ひじり》への強い関心など、ふと気がつくと訳者は古井由吉の仕事(とくに『仮往生伝試文』および『神秘の人びと』)とかさねあわせて本書を読んでいた。ある意味において、本書は「往生伝」の変奏から成っているといえるのではないか。ラコルドゥス王、老犬アルゴス、マルセル・グラネ、トマス・アクィナス、スピノザ、ロクロナンなど、犬を含めた一連の登場人物がいかに往生をとげるのか、キニャールはそこにむかって筆をすすめる。話のなりゆきは、一見して構成を欠いているように見えながらも、冒頭に登場するラコルドゥス王が最終章にも登場したり、前半部分で語られる牛耕法がロクロナンの遺体の扱いを語る部分でふたたび喚起されたり、構成の糸が周到にはりめぐらされているようにも思われる。解体と構成を同時にすすめてゆくやり方はキニャール独自のものというべきだろう。

＊

最後に翻訳にかんする補注に類する若干の事柄を記しておきたい。

ひとつは la Perdue および la rêvee なるフランス語表現についてである。前者は男性名詞ならば「失われたもの」とすべきところだが、ここでは女性形になっており、それも大文字で定冠詞がついている。女性形であることを考えて「失われた母」とすると具体的イメージが強すぎ、「失われた声」とすると局所的にすぎる。蛮勇をふるって「失われた母体」とした。また後者はキニャール独自の造語だといってよい。形態的な観点からすると la pensée と対になっており、文脈からすると言語以前の（不可能な）思考という意味をおびていると思われる。ふだんわれわれが「夢想」と呼ぶものとはかなり違ったものであるはずだが、それ以上にうまい解決法を見出すことができなかった点で非力を認めざるをえない。

〈最後の王国〉シリーズのほかの巻にならって、本文中に最低限の割注を加えるにとどめたが、いざ訳注をつけはじめるならば、かなりの分量にのぼらざるをえないだろう。固有名を書き換える独自の流儀もそのような注記の対象となるはずだ。たとえば「パレ・ロワイヤル広場」を「リシュリュー公園」と書き換え、ジョルダーノ・ブルーノが火刑に処されたローマ市内のカンポ・ディ・フィオーリ広場をそのままフランス語におきかえて、Champs des fleurs（お花畑の意）としたりする所作も意図的であるはず。そしてまた「蝶ネクタイの背後で老シャーマンはおののいている」というくだりにはジャック・ラカンという固有名をあてはめれば一挙にイメージは具体的になるが、ただし訳注をつけてそのように言い切ってしまうのもやりすぎのように思われる。いずれもキニャール独自のフィクション化の作法に属する微妙な何かだというべき部分だろう。

*

古典語についての訳者の質問にこころよく答えていただいた早稲田大学教授の瀬戸直彦さん、キニャール・コレクションの監修をつとめ、本書翻訳のきっかけを作ってくださった小川美登里、桑田光平、博多かおるのご三方、さらに貴重な助言と補佐をいただいた水声社編集部の神社美江さんにあらためて感謝の言葉を述べたい。

二〇二一年二月

千葉文夫

訳者について――

千葉文夫（ちばふみお）　一九四九年、北海道に生まれる。パリ第一大学博士課程修了（哲学博士）。早稲田大学名誉教授。専攻は、二十世紀フランス文学・イメージ論。主な著書に、『ファントマ幻想』（青土社、一九九八）、『ミシェル・レリスの肖像』（みすず書房、二〇一九、読売文学賞）、主な訳書に、『ミシェル・レリス日記』（みすず書房、二〇〇二）、ミシェル・レリス『縫糸』（平凡社、二〇一八）がある。

パスカル・キニャール・コレクション

死に出会う思惟〈最後の王国9〉

二〇二一年二月二五日第一版第一刷印刷　二〇二一年三月一五日第一版第一刷発行

著者――パスカル・キニャール
訳者――千葉文夫
装幀者――滝澤和子
発行者――鈴木宏
発行所――株式会社水声社
東京都文京区小石川二―七―五　郵便番号一一二―〇〇〇二
電話〇三―三八一八―六〇四〇　FAX〇三―三八一八―二四三七
【編集部】横浜市港北区新吉田東一―七七―一七　郵便番号二二三―〇〇五八
電話〇四五―七一七―五三五六　FAX〇四五―七一七―五三五七
郵便振替〇〇一八〇―四―六五四一〇〇
URL: http://www.suiseisha.net

印刷・製本――モリモト印刷

ISBN978-4-8010-0230-2

PASCAL QUIGNARD
collection

パスカル・キニャール・コレクション　全15巻

*内容見本呈

音楽の憎しみ　博多かおる訳　二五〇〇円
謎　キニャール物語集　小川美登里訳　二四〇〇円
はじまりの夜　大池惣太郎訳　三〇〇〇円
約束のない絆　博多かおる訳　二五〇〇円
ダンスの起源　桑田光平＋パトリック・ドゥヴォス＋堀切克洋訳
涙　博多かおる訳　二四〇〇円

〈最後の王国〉シリーズ

さまよえる影たち〈1〉　小川美登里＋桑田光平訳　二四〇〇円
いにしえの光〈2〉　小川美登里訳　三〇〇〇円
深淵〈3〉　村中由美子訳
楽園の面影〈4〉　小川美登里訳　次回配本
猥雑なもの〈5〉　桑田光平訳
静かな小舟〈6〉　小川美登里訳　二五〇〇円
落馬する人々〈7〉　小川美登里訳　三〇〇〇円
秘められた生〈8〉　小川美登里訳
死に出会う思惟〈9〉　千葉文夫訳　二八〇〇円

［価格税別］